莫里斯密令之
消失的艾伯特小丑
倪雪——著
Liea——繪

你好，我好，大家好的美好世界

親愛的朋友，很高興在這裏見到你們喔！這本《莫里斯密令之消失的艾伯特小丑》是〈奇幻偵探〉系列的第一本，故事精采萬分，阿雪保證不會讓大家失望！

書中的莫里斯，是一位亡靈引渡人，負責帶領不曉得該去何處的亡靈，前往該去的地方。原因是，很多亡靈不知道自己已經離開人間，或是死時帶着遺憾、疑問、恨意，而選擇留在人間，想要報仇、找出答案或是完成心願。亡靈引渡人就是引導這些亡靈放下執着，前往死後該去的地方。

女孩發現了莫里斯，緩緩轉過身。「你為甚麼要跟着我？」

莫里斯淡淡地說：「我要引渡你到該去的地方。」

「我自己知道要去甚麼地方。」

「不！你不知道，所以茫然地在雨中閒晃。」

女孩直瞪着莫里斯。「你最好不要多管閒事！我的事情我自己會處理！」

現今世界上，存在着太多的欺騙，人與人之間的信任感愈來愈薄弱，讓真心想要付出、想幫助他人的人也遭受懷疑。

可惜的是，人類的疑心病很重，非常害怕只有自己被當成白癡耍弄，可是也正因為如此，反而更容易被騙！因此，莫里斯覺得人類實在是無藥可救，以至於他也無意拯救所有的人。畢竟，他想救，也要被救的人伸出求援的手才行！

基本上，擁有甚麼樣的信念，就會擁有甚麼樣的人生。

如果認為他人的好意是別有居心，就無法得到別人的善意。不過，在適時保護自己的情況下，防人之心仍不可無。

莫里斯用盡力氣再次詢問，但所有人似乎無動於衷。就在他束手無策時，忽然想起之前查爺爺說過：「必要時，只有全然犧牲自己、放下自己，才能換取人類的幸福。」於是，莫里斯決定跳下斷魂崖。

有一個故事是這樣的：在一個住了一百多位村民的村莊中，有十個村民的信念是「犧牲小我，完成大我」。某天，河水氾濫，許多人來不及跑，紛紛掉進水裏，那十位秉持着「犧牲小我，完成大我」的村民，馬上跳下水救人，無論自己會不會游泳或體力是否能負荷，都義無反顧，最後這十個人都淹死了！

自然，村莊裏存活下來的都是一些自私的人。試想，如果下次村裏又遇上災難，還有甚麼人願意挺身而出呢？因此我認為，就某方面而言，犧牲小我不一定就可以成全大我。

換個角度來思考，河水氾濫時，那十位願意犧牲自己的人，如果先想想：怎樣能夠不犧牲自己，又可以順利救起那些掉進水裏的人？並且選用最有效的救援方式。

等到洪水消退，若是樂於助人的村民還在，這個村莊的風氣會有甚麼樣的變化？下次再有災難發生時，又會是甚麼樣的景象呢？

犧牲小我，完成大我的人，非常有愛且偉大；不犧牲自己又同時成全了大我的人，則是非常有智慧。

很多時候，智慧是靠時間和經歷累積而來的，讓我們找到不必委屈、犧牲自己的方式去幫助人，當一位有愛並且有智慧的人，可以同時達到：你好，我好，大家好的美好世界。

命運經常將我們推向不可知的選擇題裏，沒有人可以給我們正確答案，也沒有人確切知道未來……

現在，讓我們跟隨莫里斯的腳步，一起享受《莫里斯密令之消失的艾伯特小丑》這個故事。希望你喜歡！

目錄

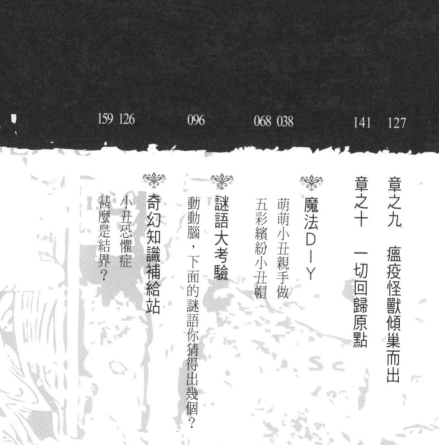

人物介紹

莫里斯

神祕的亡靈引渡人，擁有讀心術。個性冷靜、沉穩，俊美的長相深受全校女生歡迎。

理查德

中美混血兒，相當活潑、開朗，是莫里斯從小到大的好友。

瑪西

善良且單純的女孩。向來
書不離手，對各國文字有
興趣。

莉莎

金髮混血兒，喜歡
跟理查德鬥嘴。

章之一

詭異小丑突現身

所謂活着的人，就是不斷挑戰的人，
不斷攀登命運峻峯的人。
——雨果

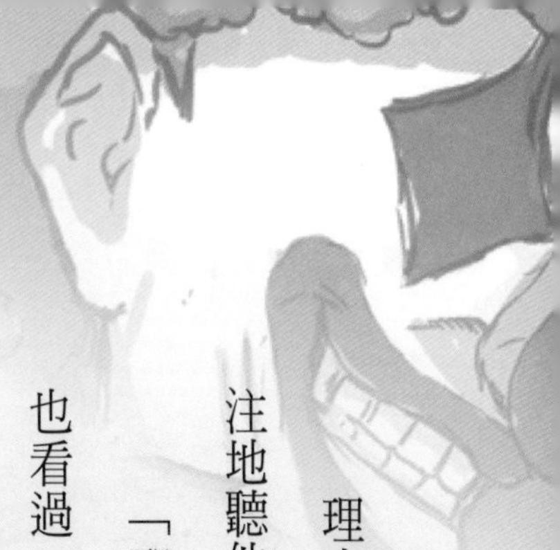

理查德誇張的語調和動作，使得圍繞在他身邊的同學，都全神貫注地聽他說故事。

「那艾伯特小丑人偶全身紅，像塗滿了鮮血，十分嚇人！莫里斯也看過，對不對？」理查德邊說，邊推了一下莫里斯的肩膀。

莫里斯正專心地看着書，抬頭看了理查德一眼，立刻低下頭繼續閱讀。

「好帥喔！莫里斯那淺棕色的眼睛、深邃的五官，根本是從雜誌裏走出來的模特兒啊！」

「真的！又帥又聰明！」

班上，甚至全校女生幾乎都是莫里斯的粉絲，只要一看見他就「眼冒愛心」。

「咳咳！」理查德刻意清一清喉嚨。「喂，你們到底要不要聽啦？說到帥，我也是中美混血帥哥啊！」

莉莎忍不住說：「對啦！你是很『shuai丶』啦！草『率』的『率』！」

理查德聳了聳肩。「莉莎，你就愛吐我槽！」

莉莎翻了翻白眼。「沒辦法，你說話真的很誇張！」

理查德不理莉莎，繼續說故事：「艾伯特只有在夜晚出現，通常會手抓一把彩色氣球……」

「大家快來看！」

這時，一位同學突然衝進來，指着走廊外。許多人見狀，紛紛跑出去看到底怎麼了。

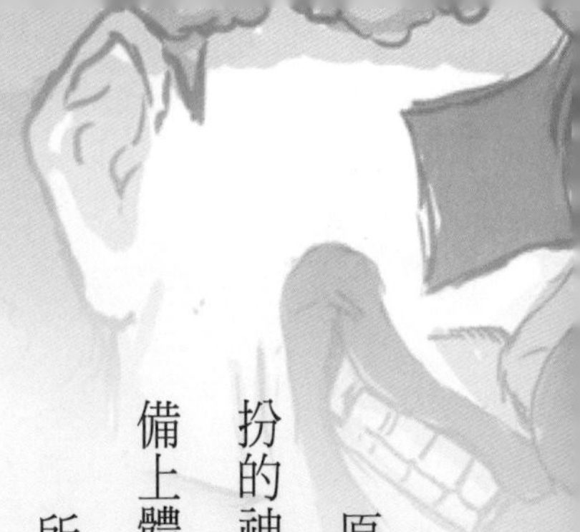

原來，操場中央的草皮上出現一個紅頭髮、紅鼻子、血盆大口裝扮的神祕小丑，但他不表演雜耍、不送氣球，也不說話，只凝視着準備上體育課的人，向他們揮手，嚇壞不少學生和老師。

所有人你一言、我一語。

「那小丑看起來很詭異耶！」

「他的動作好奇怪，好像喪屍……他還活着嗎？」

莉莎有點害怕地說：「那雙眼睛彷彿會看穿我的靈魂……而且，他剛才好像還向我揮手……」

理查德取笑她：「你怎麼了？愛上小丑了？還看穿你的靈魂哩……」

莉莎推了理查德一下。「你真的很討厭耶！」

這時，莫里斯輕聲低呼：「不可能！」

理查德好奇地問：「甚麼不可能？」

莫里斯搖搖頭。「沒事，上課了。」

忽然，一位學生脫口而出：「人類的死亡根本毫無價值！」

大家都不懂他為甚麼這麼說，連他自己也不知道……

五天後，那位同學在街上被瘋子刺中腹部，當場死亡。他說「死亡根本毫無價值」那句話的當下，可能根本沒想過自己的死期將近……

後來，有人說小丑總是大半夜站在黑暗的街角，向路人揮手，由於模樣相當恐怖，引起不小的恐慌。

此外，神祕的小丑不同於馬戲團內的逗趣小丑，他的怪異模樣和舉止，漸漸引起許多學生厭惡，甚至還組成一個「抵制小丑會」，要讓令人不寒而慄的小丑從此消失……

一大片沉甸甸的烏雲，宛如黑色棉花糖布滿空中；不停筆直灑落的雨水，就算雨勢不強，卻總讓人感覺，這場霪雨會永無止境的下下去。

莫里斯一直覺得，無論他何時開始執行任務，天候永遠欠佳。他一度懷疑，或許是因為他的工作——亡靈引渡人，才會讓他老是碰上壞天氣。但是其他亡靈引渡人，似乎從未遇到像他這樣的狀況。因此，莫里斯只好安慰自己，也許一切只是巧合罷了！

不過，有一次他實在忍不住對爺爺說：「我在引渡亡靈時從未碰

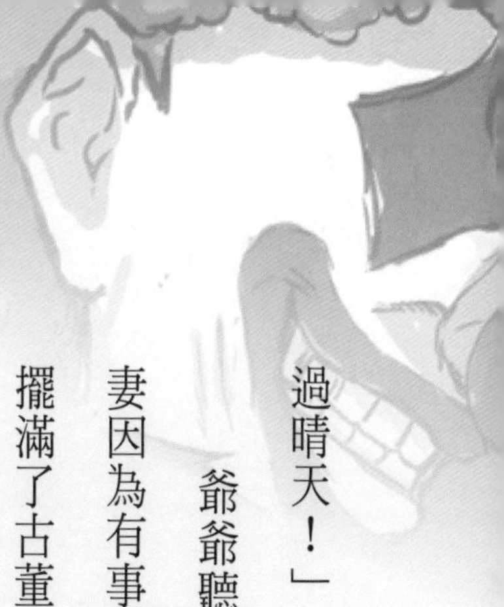

過晴天！」

爺爺聽了，笑了笑，說：「我告訴你一個真實的案例。一對夫妻因為有事要出去，請一位女性朋友來家裏照顧小孩。他們家的客廳擺滿了古董和人形雕像，其中有個跟人一樣大小、看起來詭異、手上拿着直笛的小丑雕像，讓那位女性朋友感到害怕。夜晚，她因為顧小孩顧得有點累了，想先坐在沙發上小睡片刻，突然聽到一陣笛聲，被驚醒的她看着四周，沒發現甚麼動靜。這時，電話聲響起，是孩子的母親打過來關心情況。在報備孩子都睡着後，她問起小丑雕像的事：『那個拿着直笛的小丑雕像有點可怕，我可以用布將它蓋起來嗎？』孩子的母親聽了，困惑地說：『我們家根本沒有小丑雕像啊！』但對方非常肯定地說：『有啊！就在轉角處！』接着看向客廳，沒想到小丑竟然不見了！下一秒，孩子母親便聽到電話摔落的聲音……隔天，那位女性友人的屍體在櫥櫃裏被發現，不過，沒有人找到或看到她生前說的小丑雕像……」

莫里斯不解地問：「爺爺，你為甚麼要告訴我這個故事？難道和最近出現的小丑有關係嗎？」

爺爺沉默了一會兒，緩緩地說：「我們只管做好分內的任務，至於會出現甚麼問題，碰到再找方法解決就是了。所以，你不用去管遇到的天氣如何，只要做好該做的事情！」

莫里斯正氣凜然地說：「如果將小丑抓起來，就不會有人受傷了，是嗎？」

爺爺拍拍他的肩。「記住，我們只要做好分內的事，至於受害者

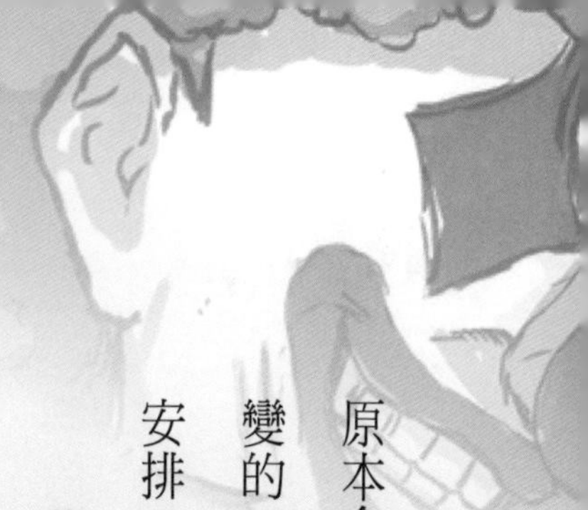

原本會有甚麼樣的命運安排，就坦然的交給上天吧，那不是我們能改變的。而你，每次出任務的天氣如何，也不是你能選擇的，一切自有安排，不必放在心上。」

莫里斯聽懂爺爺說的話，點了點頭。

莫里斯跟在一位女孩後面，她的身材高䠷、體態適中，卻一臉垂頭喪氣，而且還彎腰駝背，走起路來一拐、一拐的，像極了喪屍，整體看來比她實際的年齡顯得老成許多。此外，她還將烏黑的秀髮散亂地放下來，加上手上撐着紅傘，讓人有種十分灰暗、陰沉的感覺。

女孩發現了莫里斯，緩緩轉過身。「你為甚麼要跟着我？」

莫里斯淡淡地說：「我要引渡你到該去的地方。」

「我自己知道要去甚麼地方。」

「不！你不知道，所以茫然地在雨中閒晃。」

女孩直瞪着莫里斯。「你最好不要多管閒事！我的事情我自己會處理！」

莫里斯好奇地問：「你會處理？你要怎麼處理？」

女孩眼神堅定地說：「我要找出兇手！」

莫里斯勸她：「冤冤相報何時了？你還是回到該去的地方吧！」

女孩張大眼睛瞪着莫里斯，斷然拒絕。

「你到底是誰？為甚麼要帶我走？告訴你，沒報仇我是不會走的！而且，只要一天不找到兇手，就會有人和我一樣，莫名其妙的失去生命！」

爺爺總是交代莫里斯，做好分內的事就好，不要拖泥帶水，不要涉入不相干的事情當中，只要將該做的工作迅速完成，但是莫里斯就是無法做到！

可惜的是，人類的疑心病很重，非常害怕只有自己被當成白癡耍弄，可是也正因為如此，反而更容易被騙！因此，莫里斯覺得人類實在是無藥可救，以至於他也無意拯救所有的人。畢竟，他想救，也要被救的人伸出求援的手才行！

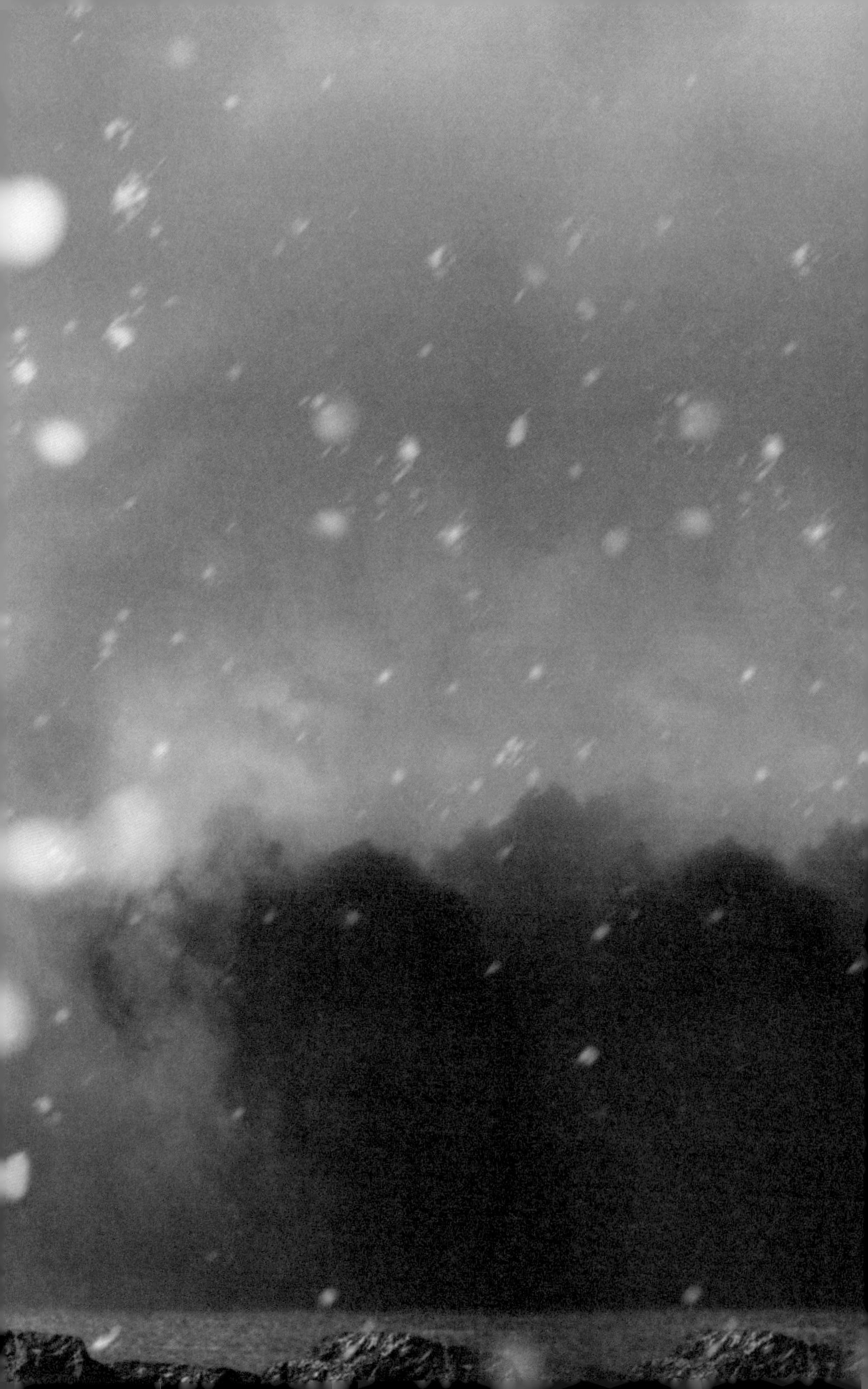

章之二

黑暗勢力的灰色結界

在排除所有可能性之後，剩下的無論多麼
不合乎情理，那就是真相。
——夏洛克．福爾摩斯

「其他人到底躲在甚麼地方？」女孩東張西望，話中帶刺地問。

莫里斯不解。「其他人？這裏就只有我和你。」

「你一定是和朋友打賭，看能不能順利誘拐到我吧？他們現在絕對躲在某個地方偷偷笑我，是吧？像你們這種非常帥的人，根本無法體會長得醜的人，被嘲笑時心裏難過的感受！你們這種人，樂趣就是看我被搭訕時的笨模樣！對，沒錯，我知道自己就是一個大笨蛋！」

女孩一口氣講完一堆話，莫里斯聽了，皺了皺眉，問：「誘拐？」

「我雖然笨了點，長得也不好看，但從來沒有造成誰的困擾，所以可不可以請你們別再糾纏我？我完成自己想做的事情後，就會離開！」女孩不理莫里斯，說完轉身就走。

沒想到，就在那一刻，她竟然掉進了一個黑洞，進入了所羅闍黑世界。

女孩站起來，驚慌地大喊：「這裏是哪裏？你帶我來這裏做甚麼？」

莫里斯無奈地說：「小姐，我想你是不是搞錯了？是你自己剛才不小心掉進了黑洞裏，我為了拉你一把，才跟着你來到這裏！」莫里斯看看四周。「我猜，這裏應該是所羅闍黑世界，是所羅闍黑王所創造出來，專門收集迷惘的陰陽中間人。」

女孩疑惑地看着莫里斯。「甚麼是陰陽中間人？」

莫里斯耐心說明：「就是像你這樣的人，明明應該要離開人間了，卻還留戀不肯走！」

女孩低下頭，說：「對我而言，人間沒有甚麼值得留戀的地方，只是……」

莫里斯接着她的話說：「只是你想要報仇？你剛才就一直強調了。」

這時，一個貌似機器人的巨大小丑人偶突然出現，對着女孩說：「歡迎前往小丑專賣店，您可以在那裏挑選想要的小丑人偶，回去用自己的精氣餵養七天七夜後，小丑人偶就會完全聽命於你！」

莫里斯聽了，警告女孩：「千萬不要上當，我知道有人之前餵養了小丑人偶，結果疑遭反噬，因為人偶會教導你施一些毒辣的玄法，讓你一步步地走上闇黑世界，永遠無法回頭！」

本來有些心動的女孩，聽了莫里斯的話，臉上血色盡失，全身虛脫無力，軟趴趴地跌坐在地，無法動彈。

巨大小丑人偶趕緊將女孩扶起來。只見他的動作愈來愈快、愈來愈順，幾乎像人類移動那樣自然。

巨大小丑人偶對他們解釋：「具體的原因我不太清楚，不過有可能是因為艾伯特小丑人偶……從所羅闍黑瘋人監獄逃出來的關係！」

女孩的眼神出現一絲帶着希望的亮光。「艾伯特小丑人偶？對！我想我要找的兇手就是他！他到底在哪裏？」

眼見女孩逐漸被巨大小丑人偶所說的話吸引，莫里斯心裏暗自想着，這下可糟糕了，但目前又無法丟下她不管，看來只好見招拆招啦！

巨大小丑人偶看了看女孩。「艾伯特原本好好的生活在闍黑瘋狂

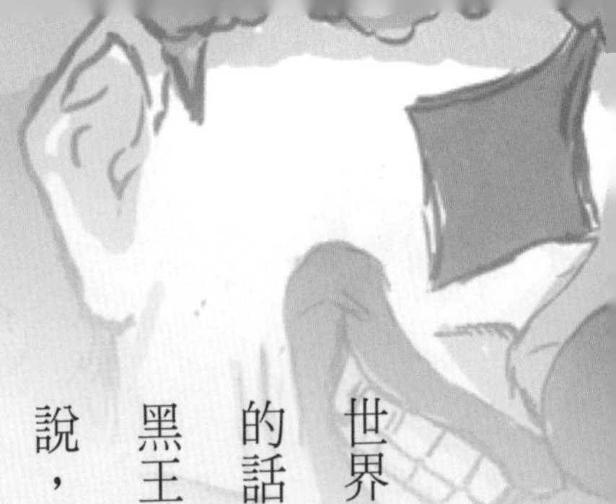

世界裏，由於聽了好朋友所羅闍黑世界的犯罪之王——精神分裂小丑的話，一起擾亂神人、精靈、人類和神獸的生活，於是雙雙被所羅闍黑王關起來！不過，有一天艾伯特從所羅闍黑瘋人監獄逃了出來。聽說，就算艾伯特總是笑笑地看着你，但內心其實一直充滿了怨恨。本來，他是找他的好友精神分裂小丑一起逃獄，不過精神分裂小丑卻認為，只要他們在獄中表現良好，應該很快就能出獄，因此沒有同意。結果，艾伯特不但一去不復返，還奪走了精神分裂小丑的闇黑魔力，一點也不剩！」

女孩在聽了巨大小丑人偶的解說後，堅定地說：「我決定了！我要餵養小丑！帶我去選吧！」

莫里斯急忙拉住她。「你要想清楚！」

女孩的眼睛瞬間變成紫紅色，堅決地說：「我非常確定！」

因為個性使然，莫里斯對於房間裏的每一樣東西，擺設起來絕對不馬虎。因此，說來好笑，他的頭號大敵居然是《魔法產品目錄》！因為每次一想到挑中並買下目錄裏的新奇魔法小物，只是因為它們稍微有用、模樣討喜或是基於好奇，最後卻將它們堆放在房間的某個角落，幾乎根本不會拿來用，也非常佔空間，就感到十分懊悔！

理論上，買到不怎麼樣的商品，應該可以退還給魔物商店，但不知怎麼的，他就是抽不出時間來做。所以，莫里斯曾經下定決心，再也不要碰那些目錄，因為繼續收集下去也不是辦法。

他還記得，有一次目錄上面關於小丑人偶的介紹，足足佔了整本

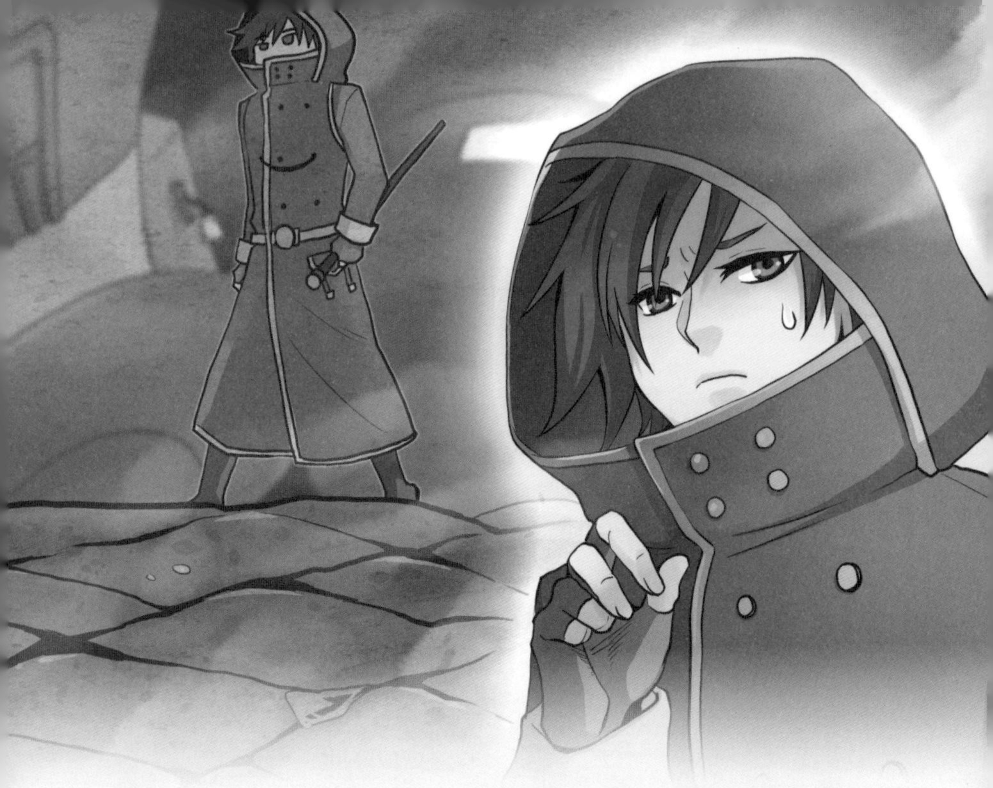

的三分之二，當時他看了，就想要好好一探小丑專賣店，只是一直沒機會。

現在機會來了，此時此刻，他正在前往小丑專賣店的路上。

在闇黑世界裏，要到小丑專賣店，必定會遇到貓熊人、三頭人、殺人龍、小丑女和預言女巫。

沿路，他們經過被雨水浸泡的街道，骯髒的氣味讓莫里斯感到非常不舒服，但是巨大小丑人偶和女

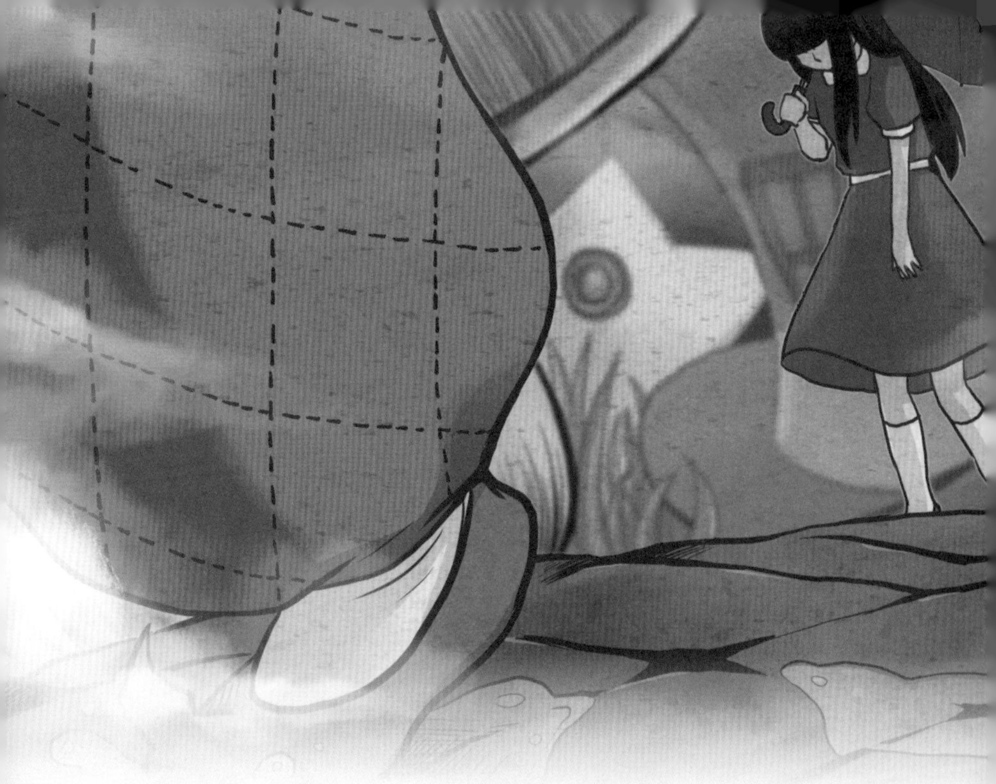

孩似乎都沒有感到任何不適。

莫里斯心想，這搞不好是他目前為止做過最錯誤的決定——在所羅闍黑世界裏活動。

不知道走了多久，終於到了小丑專賣店。

莫里斯發現，這附近房子的外形都很特別，有蘑菇、星星、魔術帽、水晶球和大象等。

莫里斯提出疑問：「為甚麼這裏毫無人煙？」

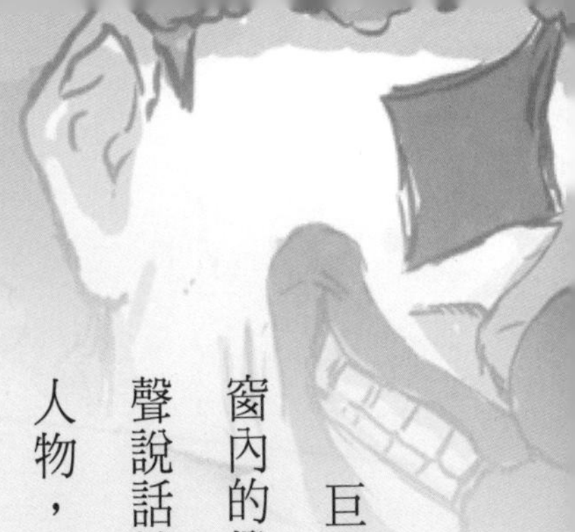

巨大小丑人偶小聲地回答：「雖然到目前為止，沒有任何一扇窗內的燈是亮着的，但不是沒人，只是絕對不能喧譁，如果不小心大聲說話被亞爾曼聽到，事後有人來查訪時，我們可能會被認為是可疑人物，然後……就要永遠被關在監獄裏，或是當所羅闇黑王的奴隸了！」

莫里斯聽了，心裏竊笑着，這個巨大小丑人偶，早就已經是所羅闇黑王的奴隸了吧？

巨大小丑人偶繼續小聲地說：「偷偷告訴你，上次比列家的豪宅發生了駭人聽聞的命案，他的母親在人偶館跳樓身亡，據說，是因為一具『跳樓小丑人偶』造成的！」

莫里斯困惑地問：「跳樓小丑人偶？」

「那個跳樓小丑人偶是個悲劇小丑，據說只要得到他的人，都一定會發生不幸，像是家裏突然失火，來不及逃出而命喪火窟、發瘋自殺、心臟病發死亡等。老實說，關於那個跳樓小丑人偶的不吉利傳聞，多到數不清！」巨大小丑人偶邊說邊開門，不一會兒，門就被打開了。

女孩進門後，看也不看展示架上的各式小丑，直接說：「不用看了，我要的是能對抗艾伯特的人偶！」

巨大小丑人偶面露難色。

「這……恐怕有困難……」

女孩不解地問：「為甚麼？」

「因為……所有小丑人偶的闇黑力量，全都來自艾伯特……」巨

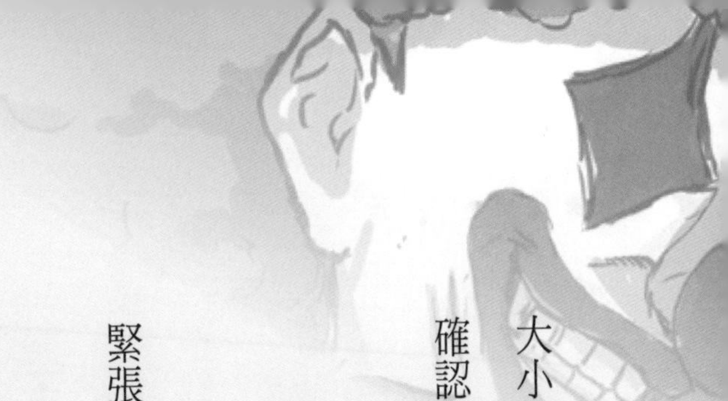

大小丑人偶說完，轉了轉眼珠子，全身散發出黑灰色的光芒，似乎在確認莫里斯和女孩的反應。

女孩不是很明白地問：「甚麼意思？」

莫里斯則是沉默不語。

巨大小丑人偶的一番話，讓寬敞的小丑人偶專賣店內，氣氛頓時緊張起來。

莫里斯緩緩說出推論：「所以，只要艾伯特小丑人偶消失，所有小丑人偶身上的闇黑力量也會跟着消失？」

巨大小丑人偶點點頭。

「是的。」

莫里斯這下終於明白了。

「那麼……你根本不可能幫助這女孩，找到可以對抗艾伯特的人偶，因為這樣簡直是自殺行為！」

巨大小丑人偶咧嘴笑了笑。「嘿嘿嘿……莫里斯，你不是也與天使和惡魔約定，只做好亡靈引渡人的分內事，不插手管亡靈做了甚麼樣的選擇嗎？」

巨大小丑人偶說完，頓時天崩地裂，莫里斯和女孩周邊出現了灰色結界……

萌萌小丑親手做

材料

- 喜愛的布料（事先想好頭部、身體和帽子要使用甚麼花色或材質）
- 針
- 線
- 棉花
- 剪刀

做法

1. 先在一塊布內塞入棉花，做出小丑頭部的樣子，再用針線縫起來。

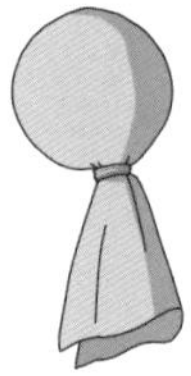

2. 將另一塊布對摺，先在一面畫出身體並剪下。接着，將身體縫合起來（脖子部分先不要縫合）。

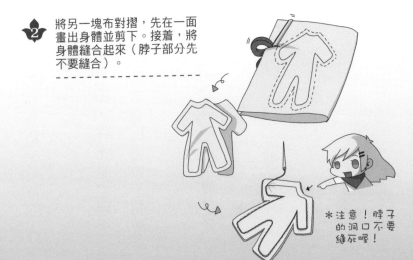

3 將身體塞滿棉花（塞棉花前可先將布由內往外翻，隱藏住縫線）。

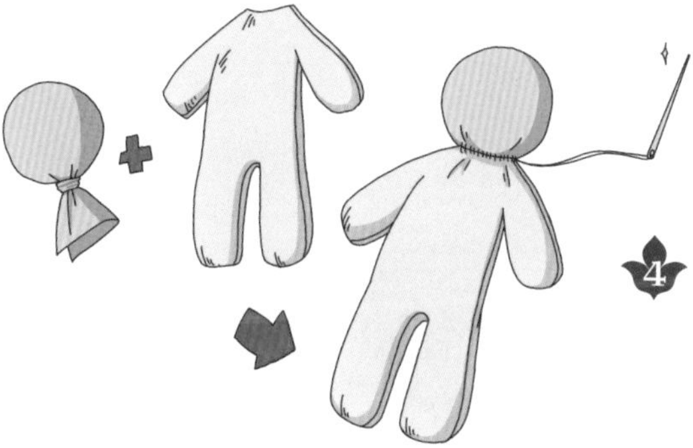

4 將頭的部分塞進身體內，再將它們縫合在一起。

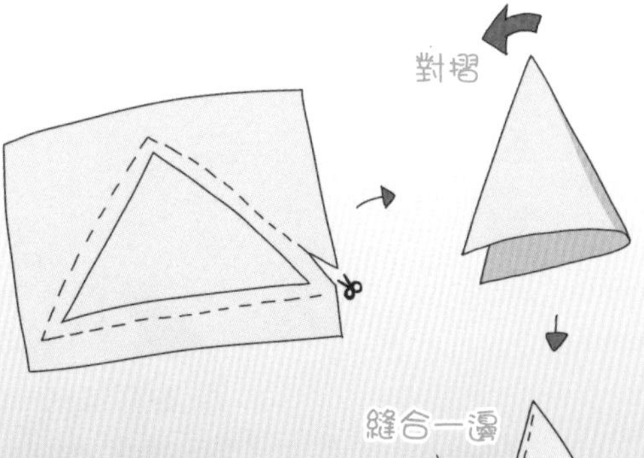

5 如圖所示步驟，畫出帽子的形狀，並剪下後縫上。

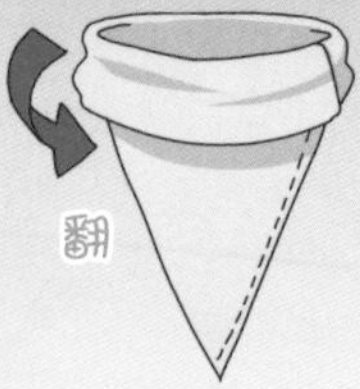

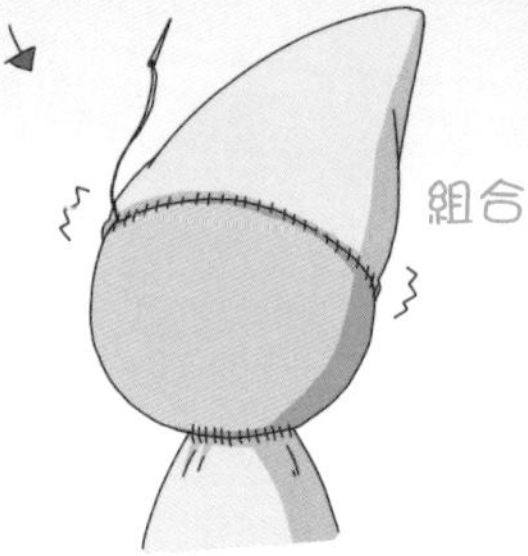

6 將帽子由內往外翻，隱藏住縫線，再縫合在頭上。

7 最後，縫製臉部表情（可以用不同顏色的線縫出眼睛、嘴巴或鼻子，也可以使用鈕釦當眼睛）。萌萌的小丑娃娃就大功告成囉！

章之三

尋找生死日記本

在確認死亡之前始終相信生命的存在，
這就是名偵探之所以被稱為名偵探的理由。
——《名偵探柯南》：越水七規

莫里斯和女孩被困在灰色結界內遭受攻擊，此時，一個女孩倏然出現，使用幻靈去除結界術，將包圍兩人的結界解開。

莫里斯看到她，又驚又喜。「瑪西，你怎麼找到我的？」

瑪西望向理查德。「是他帶我來的。」

理查德拍了拍莫里斯，用一貫搞笑的語氣說：「嘿嘿，兄弟，你在執行任務時，怎麼可以少了我呢？」

莫里斯敲敲他的頭。「你怎麼帶她來這麼危險的地方？」

理查德摸摸頭。「兄弟，你這麼說就太見外了，你『女朋友』堅持要我帶她來，我怎麼忍心拒絕呢？」

莫里斯一陣臉紅。「你在說甚麼！」

瑪西尷尬地說：「理查德，就跟你說過很多次了，莫里斯和我只是很要好的朋友啦！」

理查德聳了聳肩。「你們的曖昧關係要搞多久，我沒興趣知道，你們也不要再花時間解釋了！現在重點是，這個女孩要怎麼處理？」

女孩瞪大眼睛，看着瑪西。「哇！好漂亮的人喔！真的好像美麗的精靈！」

瑪西害羞地說：「這麼說實在太不好意思了啦！」

莫里斯好奇地問：「美麗精靈？難道你看過？」

女孩點點頭。「在我的肉體被搶走之後，我就看過精靈、三頭人、殺人龍……一些不屬於人類世界的生物，我都看過了。」

理查德直截了當地說：「那你還不離開？明明知道自己已不屬於人類世界了！」

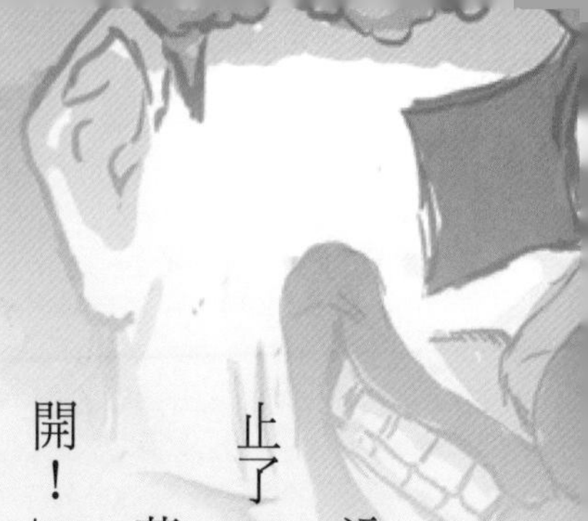

這時，巨大小丑人偶試着要用結界將所有人定住，還好被瑪西阻止了，反而被她用幻靈凍結術定格。

莫里斯對瑪西說：「這裏不是你該來的地方，快帶這個女孩離開！」

瑪西看着莫里斯，說：「我會送她去該去的地方，不過如果要離開，我們就一起走！」

莫里斯搖搖頭。「不行！我和理查德還有事情要做！」

瑪西堅持着：「我不管！要走一起走！」

理查德見狀，將莫里斯拉到旁邊，小聲地說：「我跟你說過，女生不好惹，你就偏偏喜歡這一個最不好惹的……」

莫里斯輕敲理查德的頭。「你在說甚麼啦！」

此時，瑪西使用幻靈飄飄術，準備將女孩送到往生的世界，當女孩飄浮起來時，說：「謝謝你們引渡我，不過我真的很想要消滅艾伯特！」

瑪西承諾女孩：「你放心好了，我們會想辦法消滅艾伯特，你趕快到往生世界吧！」

女孩聽了，面帶微笑，漸漸消失。

見女孩離開，理查德轉頭看向巨大小丑人偶，嚴肅地問：「我爸爸這次交代一個非常重要的任務給我，他說生死日記本在所羅闇黑王國裏，一定要找到它！」

巨大小丑人偶沉默了一會兒，緩緩地說：「你們找的那本日記，我曾經翻過一次。印象中，剛才那位女孩之後，下一個人的名字叫作

莉莎。」

巨大小丑人偶才說完，莉莎就突然出現！

理查德驚訝地說：「莉莎，你怎麼找到這裏的？」

莉莎不好意思地說：「我剛才用了幻靈縮小術將自己變小，然後躲藏在你的口袋裏。」

理查德有點害羞。「啊？你這樣躲在我的口袋很沒禮貌哩！」

莉莎沒好氣地說：「你還敢說！你的口袋裝滿各式各樣糖果，你是有沒有那麼愛吃甜的啦！」

理查德支支吾吾地解釋：「這……這些糖果是因為……」

莫里斯不等理查德說完，便接着他的話說：「理查德的血糖過低，有時候會需要一些糖果。」

莉莎驚訝地說：「我怎麼看不出來理查德身體不好啊？」

理查德大聲地說：「我哪有身體不好！」

「好了啦！我不管你的身體好不好，反正生死日記本記錄着，下一位就是我？」莉莎說完，害怕得倒抽一口氣。

瑪西擔憂地問：「生死日記本裏所記錄的都一定會成真嗎？我的意思是，有可能改變嗎？一定會有辦法吧？」

莫里斯思考了一下，說：「生死日記本的內容是我祖先記錄下來的，他也因為日記本喪失了性命，我記得爺爺說過，祖先直到臨終前都牽掛着它，很希望能將它找回來，用適當的方法處理掉。」

瑪西繼續追問：「所以，我們要想辦法找到日記本，然後銷毀？」

莫里斯點點頭。「沒錯。不過正確的銷毀方法，可能要問我爺爺。」

理查德做了總結：「反正我們快去找到生死日記本就是了，不然所羅闇黑王如果利用了它，那麼所有天界、人界和鬼界都要大亂了！」

莉莎望了望四周。「所羅闇黑王國那麼大，我們要怎麼找？」

理查德笑了笑。「嘿嘿，這時候就要依靠我的聰明才智了！我向爸爸要了地圖。」

瑪西接過地圖，將它打開。「不過，這地圖上的文字……你看得懂？」

理查德困惑地說：「咦？怎麼會有這種文字？」

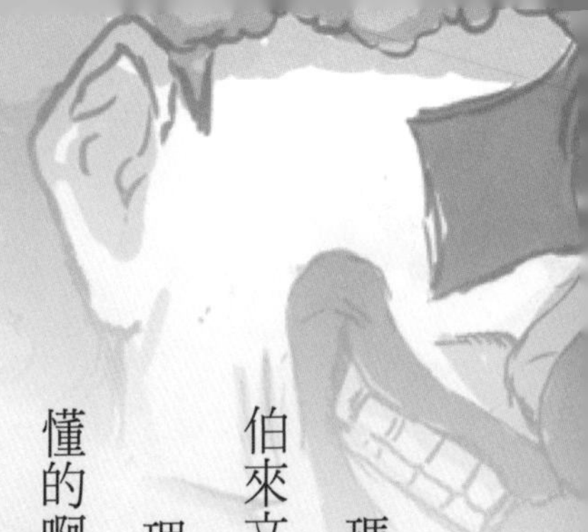

瑪西翻了翻白眼。「原來你根本沒打開過地圖！這上面寫的是希伯來文，我曾經在祖母的日記本上看過！」

理查德崇拜地說：「哇！瑪西，你好厲害喔！到底有甚麼是你不懂的啊？」

瑪西沒好氣地說：「我只是剛好對各國文字很有興趣罷了。」

莫里斯好奇地問：「那這個希伯來文的地圖要怎麼看？」

瑪西有自信地說：「這倒不是問題，你們看，文字旁邊都有地標圖案，就算看不懂文字，我們只要找到同樣的地標就可以了。」

自從進入小丑人偶專賣店後，莫里斯時時刻刻都感受到一股闇黑的力量，見討論已有了雛形，他趕緊警告大家：「我們不能待在這裏太久，每一種類型的小丑人偶都有屬於他們的闇黑力量，如果吸取過多，我們將可能永遠被留在這裏，成為所羅闍黑王的奴隸了！」

此時，莉莎眼前一陣昏暗，隨即倒在莫里斯的懷裏。「我……我覺得頭好暈喔！」

理查德看出瑪西的表情有點不高興，趕緊將莉莎拉到自己懷裏。「那個……莉莎昏倒了就由我來照顧。莫里斯，你和瑪西趕快去找生死日記本吧！」

瑪西驚呼：「甚麼？我和他？不行！要走就一起走！」

理查德看看莉莎。

「但她這個樣子，好像沒辦法一起行動……」

「沒關係，我有辦法！」瑪西說完，隨即使用幻靈移動術，莉莎便整個人直立地飄浮着。「這樣莉莎就可以一起行動了，你只要扶着

她，不要讓她跌落下來就好。」

解決了莉莎的問題，一行人趕緊往外走，莫里斯發現靠牆的一個裝飾矮櫃上，放了一尊高約一百五十公分的小丑人偶，左側還有一隻身上有白色斑紋的黑色小貓。

離開了小丑專賣店後，莫里斯告訴理查德：「我剛才看到裝飾矮櫃上放的是跳樓小丑人偶！」

理查德好奇地問：「你怎麼分辨這些人偶？」

莫里斯對兩人解釋。

「之前爺爺曾收藏過一些小丑人偶，並利用結界將他們的闇黑力量封印住，但是自從爺爺收藏的小丑人偶數量愈來愈多，整個城市的闇黑力量也愈來愈強大，加上奶奶覺得他們看了讓人心裏發毛，就

全收起來了。」

瑪西詢問莫里斯的意見：「所以小丑人偶都有不好的邪惡力量，應該全部消滅才對？」

莫里斯思考了一會兒，說：「理論上是這樣沒錯！通常，小丑人偶會帶給擁有者不幸，雖然不可思議，但真的有這種能力。不過，他們是不可能被輕易消滅掉的！」

就在眾人陷入沉默時，莉莎突然吐出一大灘血！

章之四

連續殺人案開端

謊話所提供的信息並不比真話少。

——赫丘勒．白羅

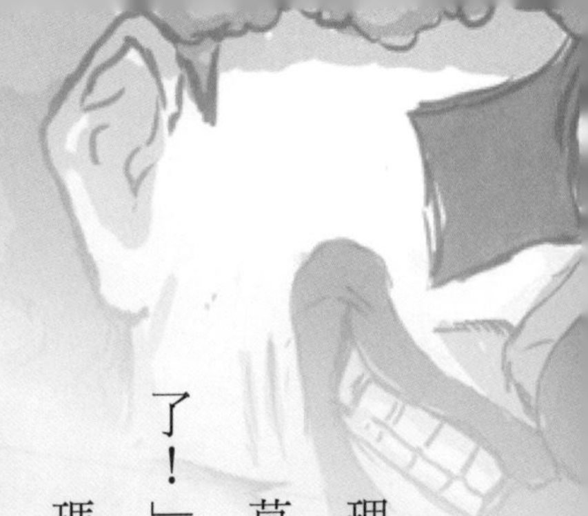

理查德驚駭地說：「莉莎怎麼突然吐這麼多血？她還活着嗎？」

莫里斯用手指靠近莉莎的鼻子，再探了探她的脈搏。「她……死了！」

瑪西看着地圖上的希伯來文，冷靜地說：「如果莉莎死了，就是連續殺人案的開端，根據地圖上的指示……」

理查德驚呼：「殺人案的開端？這只是開始？」

瑪西點點頭。「根據地圖上簡略的記錄，剛才送走的那個女孩之後，接着是莉莎，接下來是……唉，還是不太懂，可能要盡快找到生死日記本才行！」

理查德擔憂地問：「那莉莎怎麼辦？」

莫里斯想了想，說：「我看先用幻靈瞬間移動術將莉莎送回原來的世界，讓她的家人去處理，我們則繼續尋找生死日記本吧！」

在眾人同意下，莫里斯將莉莎送了回去，接着他們沿着地圖上的指示，來到一個看似古老的倉庫。

看到裏面擺放的模型，莫里斯讚歎地說：「這些模型做得非常精緻呢！」

「哇！這簡直是……太神奇了！這眼神……好像是真的眼睛正在瞪着前方哩！」理查德從倉庫內的箱子裏，拿出了一個玻璃盒，裏面裝的是一顆約莫十歲小女孩人頭的模型。

瑪西有點生氣。「你們兩位，不可以亂碰東西啦！」

理查德不解地問：「怎麼了嗎？」

瑪西沒好氣地說：「這是一個放滿古物的倉庫，不要亂碰比較

好，不然萬一不小心啟動甚麼奇怪的魔法就糟了！」

這時，莫里斯發現一本有着原色真皮書封、以原木當作紙漿材料，散發出一種讓人昏昏欲睡的香味，以及令人感到悲傷的日記本，完全符合爺爺的描述，他不禁興奮得叫出聲：「就是這個！沒錯！這個就是生死日記本！」

理查德再次確認：「你確定就是它嗎？」

莫里斯想了想，說：「看起來像是，不過……不知道哪裏怪怪的……好像缺了點甚麼，可是又說不上來。」

瑪西接着說：「這本生死日記本看起來好像是真的，但是為甚麼沒有看見死神守護着它？」

莫里斯也覺得困惑。「重點是，生死日記本就這麼擺放在這裏，這麼重要的東西，怎麼可能輕易讓我們拿到？」

理查德忍不住大喊：「哇！難不成連生死日記本都有山寨版的喔！」

莫里斯敲敲理查德的頭。「小聲一點！你是怕別人不知道我們來了嗎？」

他邊回憶邊對兩人說：「聽說之前有許多宗教團體在找生死日記本，死神知道後，仿製了好幾本，想要騙過大家……」

理查德摸摸腦袋。「死神放的？我愈來愈不懂了……」

莫里斯解釋：「為了以假亂真，有些生死日記本的內容，真假難分，嚇死那些被記錄的人；有些日記本上則記載一些所羅闇黑魔法，流傳到人類的世界後，引發了一部分意想不到的災難！」

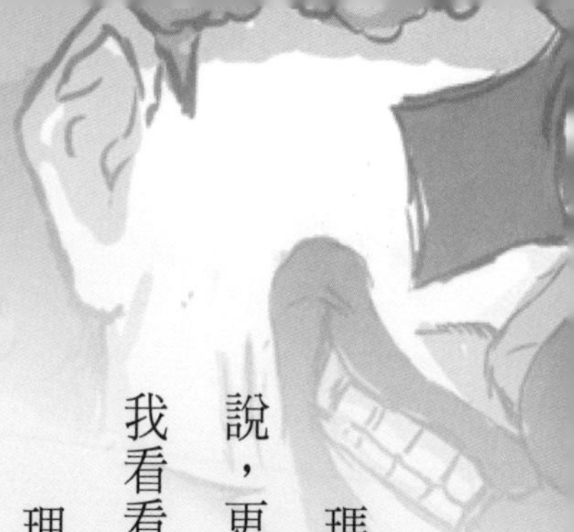

瑪西看着生死日記本，說：「不管是不是山寨版，我們先拿了再說，更何況還有莉莎的事情要處理，總不能讓她莫名其妙的死掉吧？我看看，莉莎之後，接着是……一個叫巴比倫的男孩。」

理查德聽到名字，不禁拉高音調說：「巴比倫？我認識他！是隔壁班同學，我和他經常一起打籃球。」

瑪西猜測着：「我想，這本就算不是真正的生死日記本，但是，如果說是以假亂真，裏面有些記錄說不定是真的。」

莫里斯點點頭。「我們先離開吧，此地不宜久留。」說完，他使用幻靈瞬間移動術，將所有人移動到自己的房間。

理查德追問：「接下來呢？我們該怎麼做？」

莫里斯想了想，說：「我們先按照這生死日記本上的記錄，找到那些人，暗中設立結界，保護他們。」

瑪西點頭。「這是個好方法，不過結界只有一天的時間。」

理查德則不認同。「我覺得一勞永逸的方法，就是將那個所羅闇黑王約出來單挑！這樣所有的所羅闇黑力量就不會漸漸地吞噬人類了！」

莫里斯再次敲了敲理查德的頭。「你這個人未免也太衝動了！而且，所羅闇黑王要是這麼容易被打敗，我們的祖先也就不會和惡魔簽訂那種奇怪的契約了！」

理查德邊摸頭邊嚷着：「哎喲，好痛喔！你一直敲我的頭，難怪我最近覺得有點變笨了！」

瑪西表情嚴肅地說：「你有聰明過嗎？而且，現在都甚麼時候

了，你們還有心情開玩笑！」

莫里斯趕緊提議：「我們先去看看那些人是否安全吧。」

一間幾近荒廢的修車工廠中，獨居的年輕金髮修車師傅，渾然不知地下室裏已經堆放了好幾名失去雙眼的人。

此時，被神祕男子襲擊，失去了知覺的巴比倫，緩緩地醒來。他覺得口乾舌燥、全身動彈不得，想要大聲喊救命，卻怎麼也發不出聲音。

巴比倫吃力地睜開雙眼，發現自己和好幾個人偶，被放置在一輛車子的後車廂內。突然，廂門被打開，他趕緊閉上眼睛，接着感覺身旁的人偶被搬了出去，他偷偷張開眼看，只見一個小丑人偶正將一具

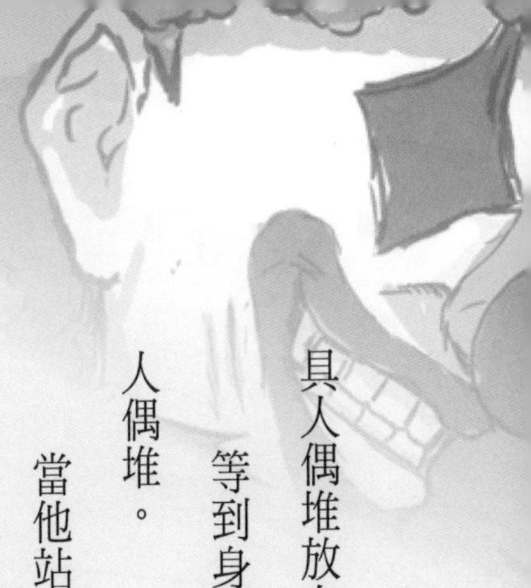

具人偶堆放在地，沒多久，連他也被堆放在那羣人偶中！

等到身體漸漸恢復知覺，小丑人偶也離開後，巴比倫緩緩地爬出人偶堆。

當他站在鏡子前，看到了鏡中的自己，突然感到一陣噁心！

鏡中的他，是一個濃粧的微笑小丑，左眼上畫了鑽石血滴，牙齒裏滿是鮮血的惡臭，好像他剛享用完充滿屍臭味的肉。巴比倫敲敲快要爆裂的腦袋，試圖回憶到底是怎麼一回事，卻怎麼也想不起來……

莫里斯、理查德和瑪西，一同使用結界保護校園，可是所羅闇黑力量似乎已經不知不覺的在校園內蔓延開來，有些同學的眼神，明顯已經受到控制！

理查德擔心地說：「怎麼辦？再這樣下去，所羅闇黑力量就要包圍校園了！」

莫里斯搖搖頭。「這已經超乎我們的能力範圍，我必須回去請教爺爺才行！」

突然，理查德邊大叫邊將手機拿給莫里斯和瑪西看。「慘了！你們看！十幾分鐘前巴比倫還打電話給我，可是我現在回撥卻沒有人接！」

瑪西猜測着：「所羅闇黑王還是先下手為強了！不過十幾分鐘前才打，表示他還沒死的可能性很大。」

理查德擔心得如熱鍋上的螞蟻。「我們快點動身去救他！」

莫里斯拉住他。「等等，你知道巴比倫在哪裏嗎？」

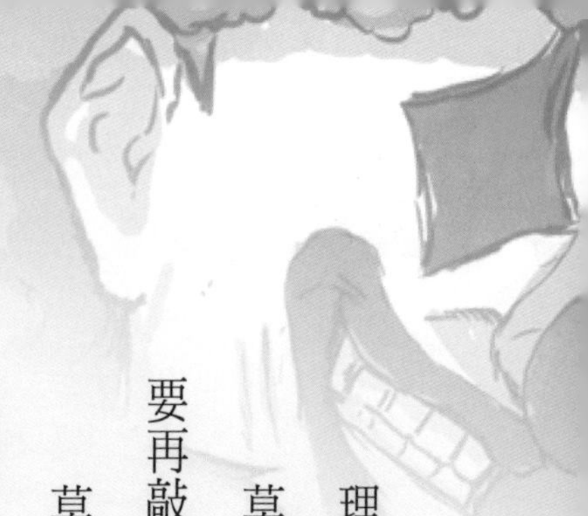

理查德愣住。「這……」

莫里斯忍不住又要敲理查德的頭，他趕緊抱頭嚷着：「拜託，不要再敲我的頭啦！很痛耶！」

莫里斯無暇開玩笑，趕緊使用幻靈追蹤術，不久，他的頭頂上方出現了一個箭頭。

「我們跟着箭頭走，就可以知道巴比倫到底在哪裏了。」

理查德無厘頭地問：「我們要不要先向老師請假？」

瑪西歎了口氣。「那很重要嗎？反正等我們回來，再使用幻靈遺忘術洗掉老師的記憶就好了！」

艾伯特小丑人偶蹲在假裝昏迷的巴比倫身前，窸窸窣窣地翻找着。原來，巴比倫身下堆疊了許多小丑人偶的衣服，他似乎想找一件滿意的來穿，不一會兒，他找到了，拿着衣服走到鏡子前，開啟鏡旁的一盞燈，開開心心的將衣服換上。

艾伯特看來對衣服很滿意，調整了一下衣領，隨後關上燈，重重地躺在沙發上，張開手腳，緩緩閉上雙眼。

幾分鐘過去，艾伯特小丑人偶完全沒有動靜，只有胸膛呈現規律的起伏，巴比倫推斷，他應該是完全睡着了。

這時，門被打開了一條小縫，又隔了一會兒，才慢慢被完全打開，接着，三個黑影迅速閃了進來。

他們進門後，立刻壓低身體，沒有任何動靜，似乎在觀察艾伯特小丑人偶，而巴比倫也維持剛才的姿勢，不敢動彈。

五彩繽紛小丑帽

材料

彩色色紙多張（顏色任選，各1張）

西卡紙1張（顏色隨喜好挑選）

各色彩帶

剪刀

圓規

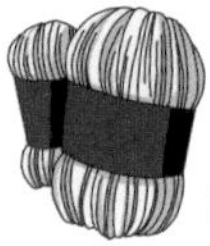

毛線球1個

白膠

做法

1. 先用圓規在西卡紙上畫出一個半圓。

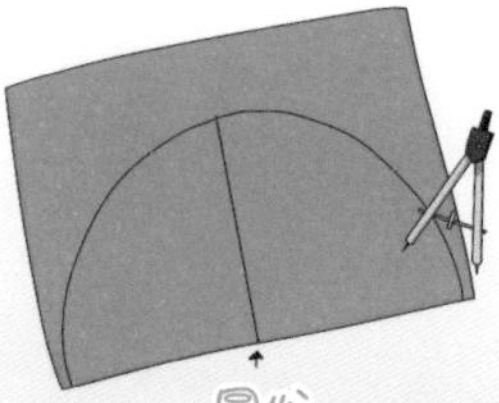

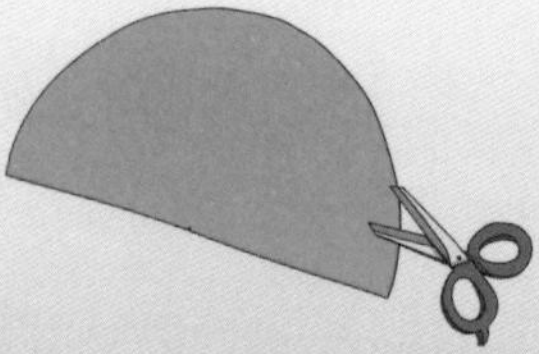

2. 剪下畫好的半圓。

3. 將半圓捲成三角錐狀，再用白膠黏合。

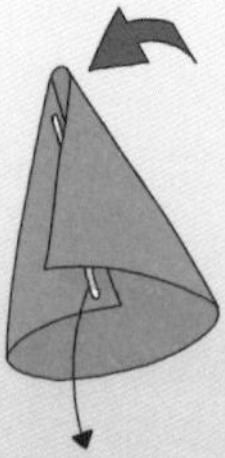

4 將各色的色紙剪出你喜歡的圖案（可以是圓形、星形或其他形狀），貼在帽子上。

5 依圖示步驟製作毛線球。

*也可以繞在手上，
會更整齊喔！

❶ 將毛線拉出約5公分長，對摺10～20次。

❷ 將毛線中間部分綁起來。

❸ 剪開兩端對摺部分的線。

❹ 將剪開的線頭拉開並稍加整理，就是一個可愛的毛線球囉！

6 黏上毛線球和彩帶做裝飾，一個五彩繽紛的小丑帽就完成囉！

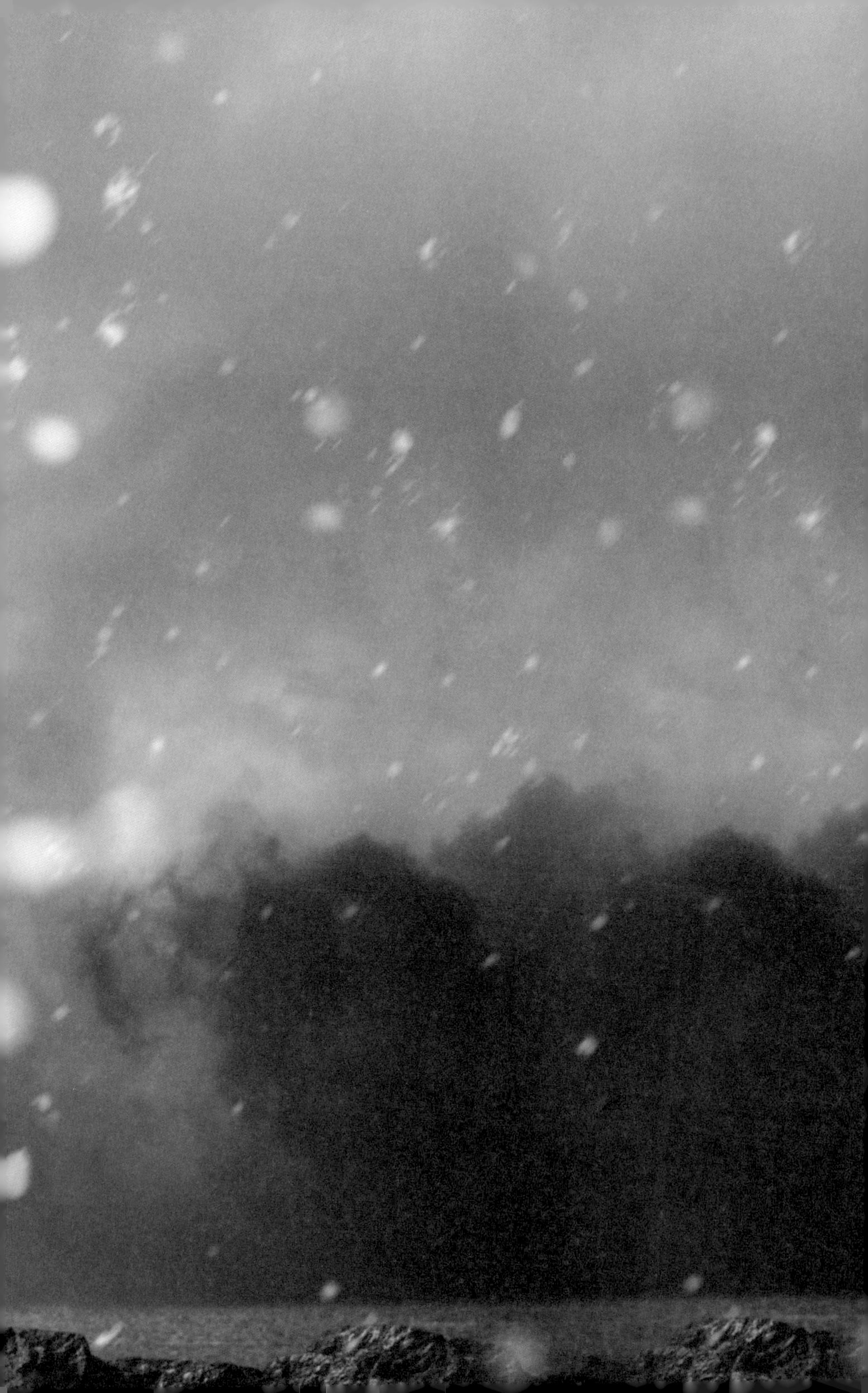

章之五

艾伯特獻供儀式

一切難以理解的，終將真相大白。當生命熄滅的時候，灰燼裏剩下的卻是真金。生命奔騰着，消融下去，降低着溫度……但是，正是在那最後的閃爍中，包含着生命行程的全部經驗。

——列夫昂諾夫

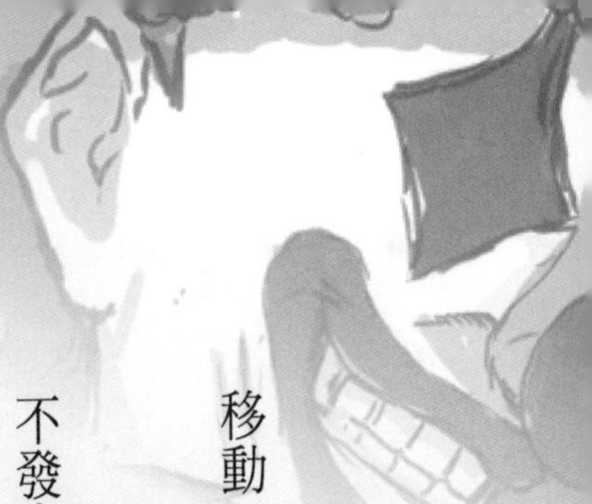

三個黑影似乎察覺艾伯特小丑人偶正熟睡着，開始在黑暗中緩緩移動。

巴比倫可以感受到他們屏住呼吸，努力讓自己的動作保持安靜，不發出聲音。

不久，三個黑影往巴比倫的方向移動，在他躺下的地方蹲了下來。巴比倫緊閉雙眼，不知道他們到底要做甚麼？

理查德輕聲的在他耳邊說：「兄弟，別害怕，我們是來救你的。哇！你也變成小丑啦？」

巴比倫睜開眼睛。「你們怎麼會知道我在這裏？」

理查德拉住巴比倫。「別講話，我們快走。」

莫里斯低聲交代：「你們先走，我要留下來救那些人。」

瑪西連忙說：「我和你一起留下！」

莫里斯斷然拒絕。「不行！這裏太危險了！」

瑪西不認同地說：「那你在這裏就很安全？」

理查德歎了口氣。「你們不要再吵啦！我留下來，你們帶巴比倫走。」

莫里斯和瑪西異口同聲地說：「不要！」

忽然，整個空間被一股闇黑力量包圍，變得伸手不見五指。

原來，睡着的艾伯特小丑人偶，似乎察覺到有人來了，他頓時睜大雙眼，跳進黑暗中。

瞬間，許多玻璃碎片掉落，並夾雜着不知名的東西，重重地撞擊在櫃子上，接着巴比倫就看到幾個黑影在他面前扭打成一團。

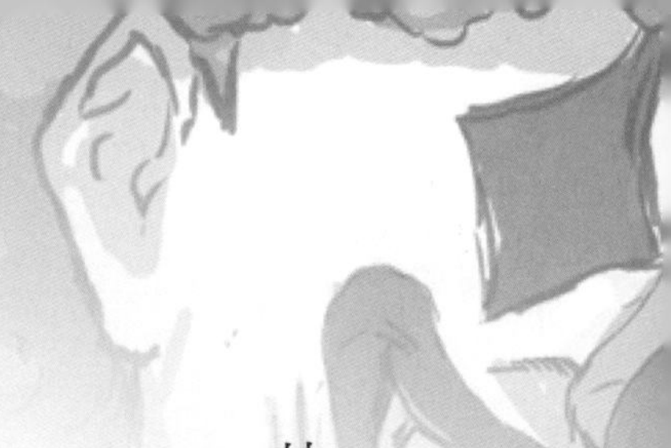

幾分鐘後，黑影的動作變慢，其中兩個緩緩倒地，另外兩個則是站立着。

這時，巴比倫終於可以將一切看清楚——

倒卧在地上的是瑪西和理查德，他們一動也不動，由於兩人臉朝下方，巴比倫看不清楚實際的狀況究竟如何。

兩個站着的分別是莫里斯和艾伯特小丑人偶，他們站了幾秒鐘後，隨即搖搖晃晃的往後退，撞到了牆邊的櫃子，一些擺放在櫃子上方精緻、小巧的盒裝小丑人偶，紛紛掉落在地上，有些盒子還因為撞擊而散開。

莫里斯向艾伯特小丑人偶下戰帖。「放了他們，我跟你對決！」

艾伯特哈哈大笑。「放了他們？好不容易你們全聚集在這裏，我為甚麼要放走他們？」

莫里斯一時語塞。「你……」

艾伯特撇了撇嘴。「而且，你的結界對我沒有用！」

「你身上的力量到底來自何處？」原來，莫里斯使用了幻靈凍結術，但對於艾伯特小丑人偶好像一點作用也沒有。

艾伯特小丑人偶笑着揮了揮手。「別再掙扎了，都跟我來吧！」趴在地上的瑪西、理查德，以及莫里斯和巴比倫，雙手全被艾伯特用結界封住，只好跟隨在他後面。

這時，微弱的月光照射進來，莫里斯他們發現，地下室裏全貼滿了各種姿勢詭譎的人物照片，以及書寫在大張黃色紙張上的抽象符咒、關於各國藝術家報導的泛黃剪貼……

瑪西皺皺鼻子，不可思議地問艾伯特：「你就住在這種地方？」

艾伯特沒有回應，只帶他們繞過許多隨意擺放的小丑人偶，走向另一扇門，並用力地將它打開。

艾伯特將莫里斯他們推進門，一進門，莫里斯就感受到一股強大的闇黑力量。

他發現，他們居然來到了所羅闇黑王國！原來，那門是連接人類世界和所羅闇黑王國的通道。

這時，艾伯特小丑人偶歎了一口氣，說：「我又要殺人了！我又要殺人了！我又要殺人了……」

同樣的話語，他連續講了好幾分鐘，像是機器人的發條壞掉，無法停止。

接下來，艾伯特將所有人丟進一個空櫃子裏，低沉地說：「當那顆詭異、迷幻的所羅星悄然高掛天際，世界將轉成炙熱地獄，人們噤聲躲避迫害，只有一個腦海中不斷重複着叛逆不屈聲音的人，誓言要反抗到底！三百多年前，血紅色的所羅禍星冉冉升起，無數小丑人偶就此誕生，我的命運從此和他們緊緊相連……」

巴比倫用哀求的眼神看着艾伯特，他詭異的向巴比倫眨眨眼，突然，一道落雷「轟隆」響起，所有人都差點站不穩。

艾伯特小丑人偶微笑着說：「誰先來？在我面前沒有祕密，當你們內心深處愈想要隱藏甚麼時，愈會顯示出你們的弱點。面對弱點最好的方式是正視它，而不是隱藏它。」

莫里斯自告奮勇。

「這是一個洗腦儀式嗎？我可以先開始，不過，是不是可以用犧牲我一個人，當作放走所有人的條件？」

艾伯特小丑人偶大笑。「哈哈哈，很有意思，你竟然用『洗腦儀式』來形容。」

說完，他手一揮，猛然間，莫里斯覺得身體輕飄飄了起來，這種感覺和當初自己在使用幻靈離魂術差不多，只有一點不一樣，就是他無法自我控制，而是被一股無形的力量牽引着，完全無法抵抗！

一股強大的力量壓迫着莫里斯好長一段時間，迷迷糊糊間，他看見自己平躺在冰牀上，也看見一些茫然的靈魂，和自己軀體分離時痛苦及哀求的表情，因為那些靈魂必須去適應每一個造型不同的小丑人偶。

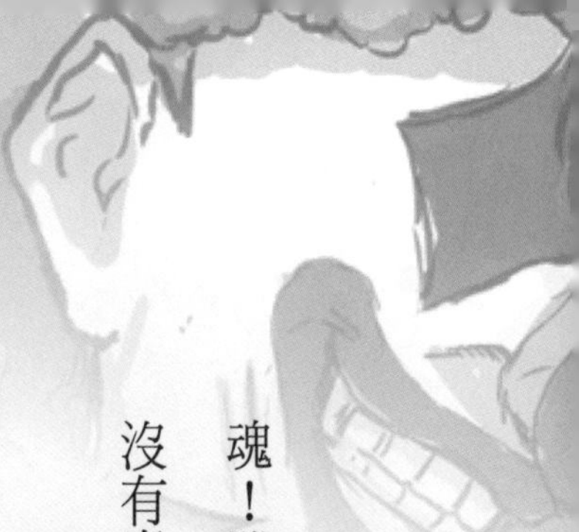

莫里斯突然警覺，如果任憑這股力量牽引，也許自己會被永久換魂！雖然爺爺說過，永久換魂幾乎是不可能的，那些事情都是傳說，沒有真憑實據，不過誰又能保證不會成真呢？

莫里斯不禁大喊：「艾伯特，你在成為小丑人偶之前，是甚麼樣的人？」

艾伯特有些驚訝地看着莫里斯，他好久沒有思考過這個問題了，在成為小丑人偶之前，自己到底是甚麼樣的人呢？

他沉默不語，陷入沉思，約莫十分鐘後，才緩緩地說：「如果人偶和靈魂不匹配，那麼身體、靈魂還有人偶，三者都會毀壞。」

莫里斯不解地問：「你到底在說甚麼？」

艾伯特淡淡地說：「如果靈魂和人偶無法匹配，那麼讓靈魂消散還比較痛快些，不過那是非常殘酷的後果。」

莫里斯繼續詢問：「這到底是甚麼樣的儀式？」

艾伯特看着他，說：「這是一種對於所羅闍黑王的獻供，只要抓到足夠的犧牲品，我就可以自由了，這是所羅闍黑王告訴我的。」

莫里斯不可置信地說：「別傻了，你竟然會相信所羅闍黑王的話！」

章之六

不為人知的祕密

我向來不猜想。猜想是很不好的習慣，
它有害於作邏輯的推理。
——夏洛克．福爾摩斯

艾伯特和莫里斯對望了一整個晚上。

莫里斯心想，自己是不是應該放棄了？畢竟，他沒有大家想像中那麼堅強，瑪西說得很對，他只是一個習慣當英雄的傢伙，其實內心害怕得要死。

實際上，莫里斯也確實想要放棄了，喉頭一直有股噁心的感覺，想吐卻吐不出來，肚子也不停地翻騰着。他想，如果現在就閉上眼睛，可能一輩子都睜不開眼了。

如果沒了靈魂，意識還會在嗎？放鬆之後，莫里斯用絕望的眼神看着瑪西。

瑪西搖搖頭，彷彿告訴他：不可以放棄！

瑪西非常想開口，但由於喉嚨過於乾渴而發不出聲音，在勉強咳了幾聲後，才稍微能說話，不過還是感覺不太舒服。

瑪西對艾伯特小丑人偶說：「我曾經參加過幾次喪禮，偌大的禮堂裏面，掛滿了白色布條，逝者的親友不管來自何方，大家都非常有默契的出現在同樣的時間、地點，每一個人的輪廓都是那麼模糊、慘白，用着相同的沉默或是哭泣來懷念與追悼死者。

還有，不知名的咒語不斷地迴盪，夾雜着濃厚的悲悽，我記得追悼過程中，總會有幾位異常悲傷的人，在極為安靜的禮堂裏難過地哭泣着，聲音尖銳地刺穿了所有的平靜與安詳，翻滾了原本可以莊嚴、平和的哀悼。」

艾伯特瞪大眼睛看着瑪西。「你對我說這些做甚麼？」

莫里斯明白瑪西要說甚麼，他告訴艾伯特：「瑪西的意思是，人

死不能復生，就算你答應了所羅闇黑王甚麼事，再怎麼樣都恢復不了原來的樣貌。所羅闇黑王不可信賴！」

艾伯特反駁：「所羅闇黑王是無所不能的！人死而復生對他而言，只不過是一個小小的魔法罷了！」

莫里斯繼續遊說：「也許目前所羅闇黑王無所不能，但是……」

艾伯特打斷莫里斯的話。「甚麼都不要再說了！生與死之間的問題，是一個問號，一個可以橫跨過所有日常生活的問題，也是我一直以來無法理解的。還活着的人享有肉體的方便，可是一旦失去了肉體，面對死亡來臨時，到底會有甚麼樣的恐慌？」

莫里斯看着艾伯特，試着使用讀心術，了解他之前到底發生了甚麼事……

女服務生剛想退下，艾伯特卻拉住了她。「等一下！」

女服務生很有禮貌地問：「請問還有甚麼需要我服務的嗎？」

艾伯特接着問：「請問那個……你非常確定他是一個人來到咖啡館？」

「是的，一個人。」說到這裏，女服務生的表情產生了些許變化，彷彿有點陶醉。「他長得非常『美』，美得很不真實……一個男性擁有讓女人都會嫉妒的夢幻面孔……」

「那麼……你知道甚麼時候才能見到他？」

「他是一個神祕的人，想來就來，想走就走，沒有人知道能在哪裏遇見他，如果他想要見你，會主動約你的。」

「今天就是他約我來這裏的。」

「你遲到了吧？」

「對，我遲到了一分鐘。」

「那就對了。他從來不等人的，就算只有遲到一秒鐘。」

「但是……」

「沒有但是。」

「好了，如果沒甚麼特別的事，我要進去忙了！」女服務生露出禮貌性的微笑。

艾伯特再次拉住她，問：「到底要怎樣才能活命？」

女服務生冷笑着說：「很簡單，找替身。」

艾伯特猜測地問：「一命換一命嗎？」

女服務生搖了搖頭。「對不起，規則不是我訂的，我無法回答你！」

艾伯特緊張地說：「所以我才想要找所羅闇黑王問清楚。」

忽然，女服務生的聲音開始變調，由女聲變成男聲。

「這是一個哀傷、絕望卻不可摧毀的事實，當人們最終只想要為自己而活時，誰也不願意犧牲，生與死的抉擇是最貼近生命的故事。當闇黑族遭到攻擊時，只有一個人會跳出來犧牲自己，保全同伴的生命，那就是大天使長奧斯本，因為使命感，有些人誕生的意義，就是為死而生！」

艾伯特眉頭深鎖，他知道眼前說話的人是所羅闇黑王，但看着女服務生的臉龐，卻聽到所羅闇黑王的聲音，還是覺得很詭異。「天使族和闇黑族不是敵對的關係嗎？」

莫里斯看到艾伯特第一次和所羅闇黑王交易的情況，倒吸了一口氣，說：「你知不知道，自己正在幫所羅闇黑王找替身？」

艾伯特小丑人偶大喊：「不！我是為了我的家園和家人，才答應幫所羅闇黑王做事！」

莫里斯再問：「那你知道，你一直以來在做的是甚麼嗎？」

艾伯特小丑人偶輕聲地說：「是……是一種儀式！」

莫里斯提醒艾伯特：「這個儀式，根本是讓人的靈魂永遠被禁錮在所羅闇黑王國裏，無法接近光明。你這樣是害了大家，並不是幫助大家啊！」

艾伯特小丑人偶搖搖頭。「我……我顧不了那麼多！」

莫里斯質問：「所以為了你的家人，就要犧牲掉別人的家人？」

艾伯特撇過頭。「我……少囉嗦！不要試圖干擾我的決定！」

莫里斯語重心長地說：「我希望你可以重新思考，為了活命而犧牲別人，是不是太過自私？而且，你確定為所羅闇黑王做事，可以得到平等的對待嗎？」

艾伯特逞強地說：「人生本來就不公平，我只要達到自己的目的就好，反正一定要有人犧牲！」

莫里斯義正辭嚴地說：「只要活着，便注定要面對各種苦惱和絕望，將自己的苦惱轉移到他人身上，你不覺得羞恥嗎？」

艾伯特深吸一口氣，靜默了幾秒鐘，低聲地說：「我不是沒想過要犧牲自己，就算到了油盡燈枯的那一刻，也要奮力保護家人。可是，人總是有無能為力的時候，我的人生，說穿了不過就是充滿矛盾和哭笑不得的空虛。儘管如此，我仍無意選擇死亡，如果真的想死，方法多的是，但我才不想因為敗給痛苦而離開。」

莫里斯歎了口氣。「是啊，人都會選擇活下來。直到殘存的生命之火消失前，一定都會想辦法活着，這是生存的本能。」

艾伯特的眼神不自覺溫柔了些。「我知道我對不起你們，但是如果犧牲你們可以換回我的家人，就算被所有人怨恨也無所謂。」

此時，一道光芒從天而降，讓所有人的眼睛都無法睜開。

謎語大考驗

動動腦，下面的謎語你猜得出幾個？

1 不會吃人的是甚麼虎？
（猜一動物）

2 行也卧、立也卧、
坐也卧、站也卧。
（猜一動物）

3 上面有毛，下面有毛，
晚上喜歡毛對毛。
（猜一器官）

4 一隻狗，兩個口，
誰遇牠，誰發愁。
（猜一字）

5 小丑在梁上跳舞。
（猜一成語）

解答
1.壁虎 2.蛇 3.眼睛 4.哭 5.跳梁小丑

章之七

遇闇黑半獸人襲擊

生命是一條艱險的峽谷，
只有勇敢的人才能通過。
——米歇潘

是龍！

有隻飛龍在天花板上盤旋，全身宛如熊熊燃燒的火焰。

瑪西驚訝地問：「怎麼會突然出現飛龍？」

理查德摸摸頭，一臉不好意思。

「是我的寵物啦！」

莫里斯驚呼：「你甚麼時候養了一隻飛龍，我怎麼不知道？」

理查德小聲地說：「我就是怕大家反對，所以才隱瞞的啊！」

莫里斯好奇地問：「龍是何其尊貴、不輕易被豢養的神獸，怎麼會跟着你？」

理查德笑了笑。

「嘿嘿，這說來可就話長了……」

巴比倫出聲打斷他們的對話：「停、停、停，先不要急着說故事，讓飛龍趕快將我們救出去吧！」

理查德趕緊對飛龍說：「阿龍好乖，快點將自己降溫，把我們救出去吧！」

飛龍聽到指示，先是收起身上的火焰，接着向艾伯特噴火，趁他痛苦、掙扎時，趕緊讓所有人坐在牠的背上，飛出屋外。

當飛龍飛越所羅闇黑王國湖面旁的懸崖時，莫里斯等人看到好幾個闇黑半獸人，那銀白色的毛皮與鱗片閃閃發光，每一個都看着他們，好似蓄勢待發準備進行攻擊。

莫里斯提醒大家：「他們知道我們的存在。」

瑪西猜測着：「一定是嗅到了我們的氣息！」

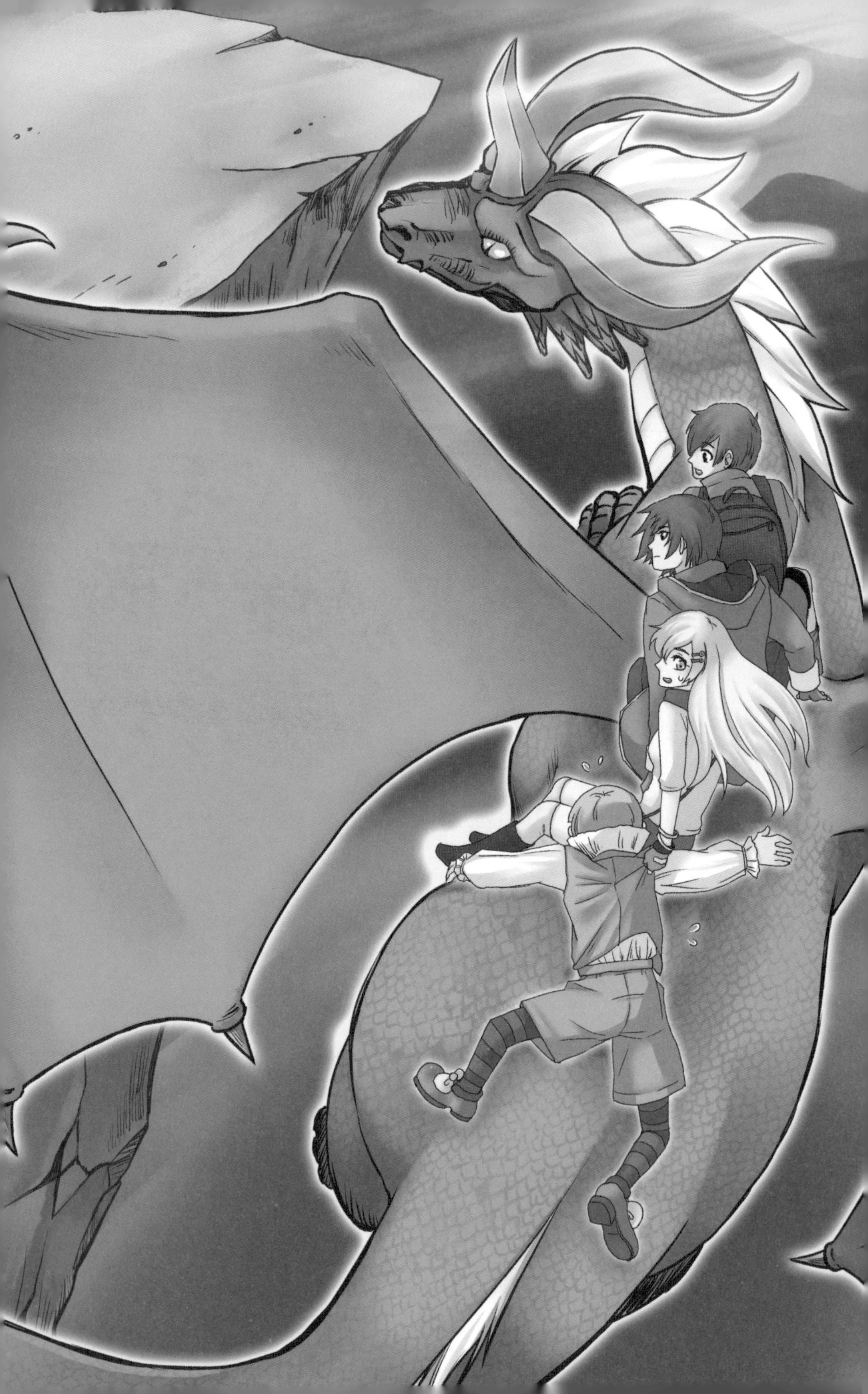

巴比倫害怕地說：「怎麼辦？據說闇黑半獸人會吃人的……」

理查德毫不畏懼。

「嘖！有甚麼好害怕的？我們有飛龍保護啊！」說完，理查德立刻命令飛龍：「殺死他們！」

瑪西察覺有異。「有點不太對勁！你們有沒有發現飛龍愈飛愈低？」

莫里斯推測：「糟了！載着我們幾個，負擔不輕，我想飛龍應該是體力快要耗盡了！」

此時的飛龍，仍不斷向闇黑半獸人噴火。

不過火焰並不強烈，反而讓半獸人聚集在一起，擺出攻擊的備戰姿態。

理查德開始擔心，摸摸飛龍的頭。「阿龍，真的非常對不起，辛苦了……」

沒多久，飛龍愈飛愈低，還差一點掉落。

理查德大叫：「慘了！飛龍快睡着了！」

巴比倫害怕地說：「啊？快睡着了？那待會兒要怎麼對付那些闇黑半獸人？我可不會甚麼魔法，我要怎麼辦？」

莫里斯安撫巴比倫。

「你先冷靜下來。」

眼見飛龍愈來愈接近地面，巴比倫愈說愈急：「要怎麼冷靜下來？等一下飛龍着地後，我就要被闇黑半獸人吃掉了……啊……」

就在飛龍快要落地時，莫里斯第一個從牠背上跳下來，使用幻靈

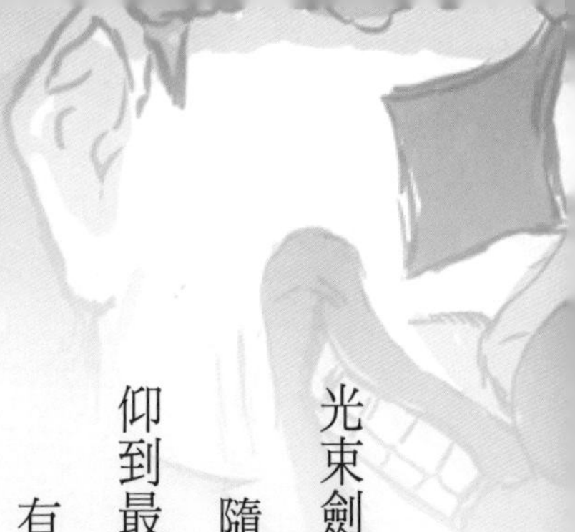

光束劍，將一個個接近的闇黑半獸人砍傷。

隨着一道暗綠色液體從體內流出，闇黑半獸人發疼得大叫，身體仰到最高，樣貌十分駭人，接着便倒在地上。

有一個闇黑半獸人的頭，因為猛烈撞擊到地面而碎裂，在沾血的獸毛與裂開的頭顱之間，竟然露出瑪西的臉孔！

瑪西看着和自己一模一樣的臉，非常驚訝。

「這是怎麼一回事？」

莫里斯冷靜地說：「闇黑半獸人具有複製的能力，我們之中……都有可能是下一個被複製的人，一旦被複製……」

理查德接着說：「一旦被複製，就要趕快消滅他，不然他有可能就會取代你！」

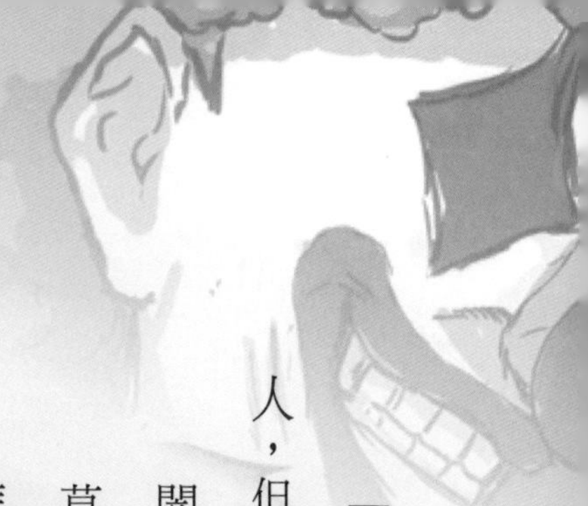

「好！」瑪西聽了，準備用幻靈消滅術，殺掉眼前的闇黑半獸人，但是看見一張和自己一模一樣的臉，還是下不了手。

闇黑半獸人乘機爬到瑪西身旁。

莫里斯見狀，急忙催促瑪西：「快點使用消滅術！」

瑪西看着闇黑半獸人，吞吞吐吐地說：「我……總覺得……哪裏怪怪的……」

莫里斯繼續催促着：「為了救自己，別再猶豫不決了！快！」

就在瑪西遲疑不定時，闇黑半獸人突然用火焰攻擊她，所幸被莫里斯阻擋下來，但他的眼睛卻不小心受傷了。

莫里斯大喊：「啊！好痛！」

理查德趕緊命令飛龍：「飛龍，快點醒過來！休息夠了吧？快點，出事了！」

飛龍終於被理查德喚醒，拼命地將所有人帶離所羅闇黑王國。

理查德、瑪西和巴比倫，全部圍在莫里斯的病牀旁邊。

醫生診斷的結果是，莫里斯可能會失明。

瑪西痛哭失聲。

「都是因為我的關係……」

理查德安慰她：「你不要太難過啦！上次我經過一條小徑時，被一條不知名的彩色蛇咬傷，馬上覺得頭暈目眩、看不清楚東西，可是那蛇明明沒有咬我的眼睛……當時我想到即將面臨失去光明的人生，也很害怕，後來我吃了爺爺給的『眼睛亮晶晶光明丸』之後，視力就

逐漸恢復了。」

瑪西的臉上浮現一絲希望。

「你的意思是，莫里斯如果吃了眼睛亮晶晶光明丸，就能重見光明嗎？」

理查德不太確定地說：「嗯……理論上應該是這樣沒錯啦！」

巴比倫看着兩人，欲言又止，終於忍不住說出口：「那個……有句話我不知道該不該說……」

理查德望着巴比倫。「現在還有甚麼不該說的話？還有……為甚麼你看起來怪怪的？」

巴比倫摸摸頭。

「那個……我有聽說，只要想辦法召喚大天使長奧斯本，甚麼疑難雜症都有辦法解決！」

瑪西擦乾眼淚，驚喜地說：「對啊！我怎麼會忘記那麼重要的人物呢？偉大的大天使長奧斯本是萬能的，擁有無限的能量，他一定會有辦法！」

理查德提醒瑪西：「等等，別把事情想得太簡單！」

巴比倫不解地問：「又怎麼了？」

理查德解釋：「大天使長奧斯本是天使族的首長，也就是說，一定要有天使族的血統才有辦法召喚，不然你以為他是隨隨便便就能召喚的嗎？」

瑪西趕緊說：「我的母親是天使族，不過我的父親是平凡的人類……這樣算嗎？」

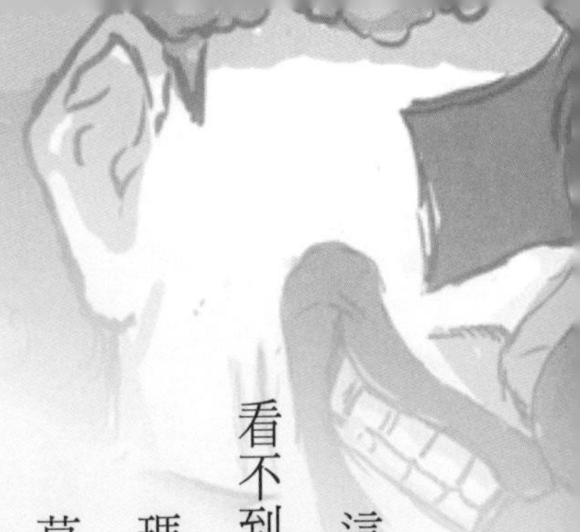

這時，莫里斯突然醒來。「啊……我的眼睛好痛！為何我甚麼都看不到？」

瑪西牽起莫里斯的手。「對不起、對不起，都怪我……」

莫里斯溫柔地撫摸瑪西的手。

「不怪你，是我自己太不小心了，而且……一定有辦法能讓我的眼睛恢復！」

理查德拍拍莫里斯。

「我已經幫你向學校請假，有瑪西照顧你，我絕對放心。兄弟，這樣吧，我先去找爺爺，拿眼睛亮晶晶光明丸，也許你吃了之後就能重見光明，別太擔心！」

莫里斯點點頭。「理查德，謝謝。」

理查德拍了他的肩膀一下：「我們是兄弟，不用道謝，不然就太見外了！」

莫里斯的眼睛突然一陣劇痛，忍不住叫了起來：「啊，好痛！」

瑪西和理查德露出非常擔心的表情。

瑪西先要莫里斯忍一忍，隨即催促理查德：「你還站在這裏做甚麼？快去啊！」

「好、好、好。」理查德邊應聲邊往病房外走。

章之八

招靈者的死亡交替

在人生這一束無色的繩索中，
纏繞着一條名為殺人的火紅色繩索，
而解開這繩結不就是我們的工作嗎？

——《名偵探柯南：貝克街的亡靈》：夏洛克・福爾摩斯

理查德一到爺爺家門口，就看到一個約莫十幾歲的男孩正跟爺爺說着話。

男孩呼吸急促且聲音顫抖，說起話來斷斷續續、支離破碎。理查德覺得，他好像連說話都異常痛苦。

男孩訴說着：「這是一件非常棘手的事，我家人不願意對外人說起，這樣的事情實在是太難堪了！而且，媽媽那樣做簡直太可怕了，我真的沒有想到……她……竟然會做出那樣的事情！竟然把弟弟……把弟弟……唉……實在太可怕了！請查爺爺一定要救救我的家人！我已經計窮力盡，不知道該怎麼做了……」

查爺爺安撫那男孩：「摩斯，你先不要太擔心！」

摩斯瞪大眼睛看着查爺爺，驚訝得眼珠子差一點掉下來，大聲地說：「你知道我的名字？」

查爺爺笑容滿面地說：「假如你真的不想讓人知道你的名字，我勸你，以後不要穿着上面繡有名字的校服到處跑。」

摩斯低下頭看看自己的衣服，不好意思地說：「原來如此。」

查爺爺笑了笑。

「我必須告訴你，來找我的人，都是已經到了不知該怎麼辦的地步，我在這間屋子裏聽過許多稀奇古怪、神祕莫測的真實案件，我們身為光明天使家族的偵探成員，有幸能夠使惶惑不安的人得到安寧，我非常有自信能幫助你，所以請你先冷靜下來，詳細的告訴我事情的經過。時間是很寶貴的，不要耽誤了。」

摩斯將手放到額頭上，一副非常痛苦的樣子。

「我媽媽不知道甚麼時候開始，為所羅闍黑王做事，竟然將弟弟當成供品……活生生的把他……」摩斯邊說邊發抖，一想到當時的情景，他就全身不舒服。

「摩斯，冷靜下來，把所有發生的事情一五一十地告訴我！」查爺爺拍拍他。

摩斯深吸一口氣。

「我不知道當時看到的那張面孔到底是甚麼模樣，只知道自己背上都冒出了冷汗，那時我距離他稍微遠了一些，看不清楚他的面貌，不過可以確定的是，那張臉……非常不自然！雖然看不清楚，但是……那真的不像人臉……」

查爺爺安撫他：「別急，慢慢講。」

摩斯吞了吞口水，再次深呼吸。「我鼓起勇氣靠近，以便把跟蹤我的那個人看得更清楚些。但是當我一靠近，那個人就突然不見了，彷彿被拉到伸手不見五指的黑暗之地！我嚇傻了，呆愣了大概有十分鐘……」

查爺爺點點頭，說：「你說的應該是隱身術，是許多族類基本的法術，因此光聽你這樣說，很難分辨跟蹤你的到底是誰。」

摩斯皺着眉頭，仔細地回想，接着繼續說。

「後來媽媽帶着弟弟出現了，我趕緊躲在一旁，看看她到底想要做甚麼。她的面容讓我印象非常深刻……那張青灰色的臉，就好像石頭那麼堅硬，而且有點僵硬、呆板，極度的不自然，眼神也很嚇人，我的心裏真的非常不安！然後……我看見了一位削瘦、臉色蒼白的女

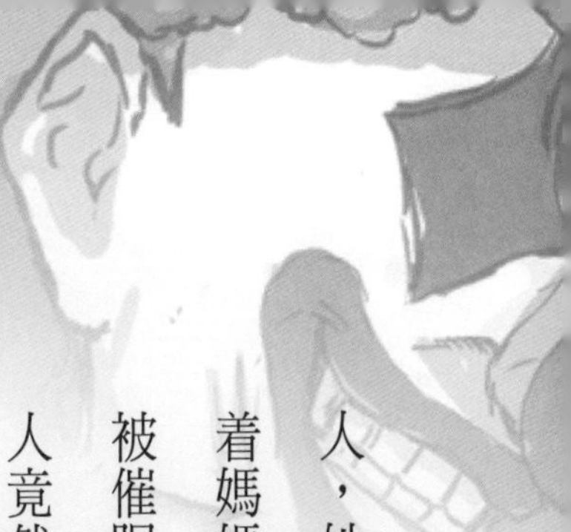

人，她的面容醜陋，看了令人生畏，而且講話非常大聲。突然，她對着媽媽發怒，周圍的空氣瞬間變得不一樣，接下來，我看着媽媽彷彿被催眠，將弟弟拉進一個水晶棺材裏。弟弟反抗時，那臉色蒼白的女人竟然用力地將弟弟敲昏，接着開始唸一些讓我聽了會頭暈的奇怪咒語……」

查爺爺的眉頭皺了一下。「原來是『招靈者的死亡交替』，那個臉色蒼白的女人一定是招靈者，她想要找替身，本來找上你媽媽，後來也許想要更年輕的肉身，於是用了幻術催眠你媽媽，將你弟弟變成替身。」

摩斯突然想到甚麼，說：「還有，那個女人唸完咒語後，一道刺眼的光芒顯現，媽媽的眼睛就看不到了……」

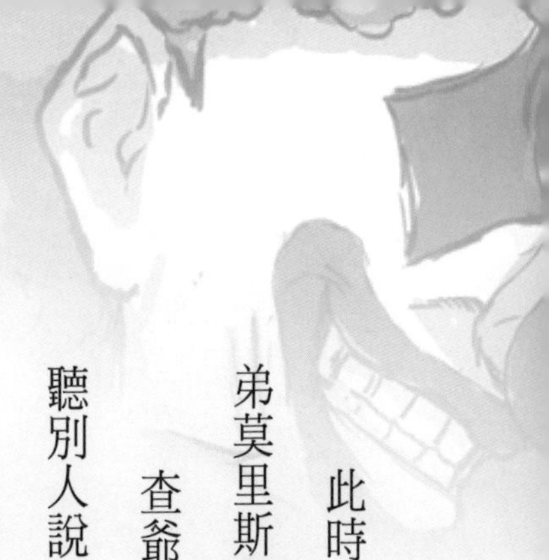

此時，站在門外的理查德突然開門走進屋，說：「爺爺，我的兄弟莫里斯現在眼睛也失明了……」

查爺爺敲敲理查德的頭。「說！你到底躲在門外多久了？這樣偷聽別人說話真的很沒禮貌！」

理查德摸摸頭。「哎喲！爺爺，你怎麼和莫里斯一樣，都愛敲我的頭！」

查爺爺歎了一口氣，對摩斯說：「這件事情有點難辨，如果我的推測沒錯，其中必定有詐……而且，平時招靈者只能躲在所羅闇黑世界中，應該無法輕易的出現在人類世界……」

理查德猜測：「所以爺爺的意思是……幕後黑手是一位很厲害的傢伙？」

查爺爺再次敲他的頭。「再怎麼厲害，也難不倒我們身為偵探家族的人！」

理查德連忙稱是：「好啦！好啦！知道了！對了，爺爺，那個……我想……」

查爺爺一副早就知道的表情。「我知道，你想要拿眼睛亮晶晶光明丸是吧？」

查爺爺說完，分別將光明丸拿給理查德和摩斯。「你們要記住，眼睛亮晶晶光明丸要在打開後十秒鐘內吃下去，而且要在月圓的晚上吃才有效果，知道嗎？」

摩斯不知所措地說：「但是，我不知道要怎麼樣才能讓媽媽吃下這顆藥丸……」

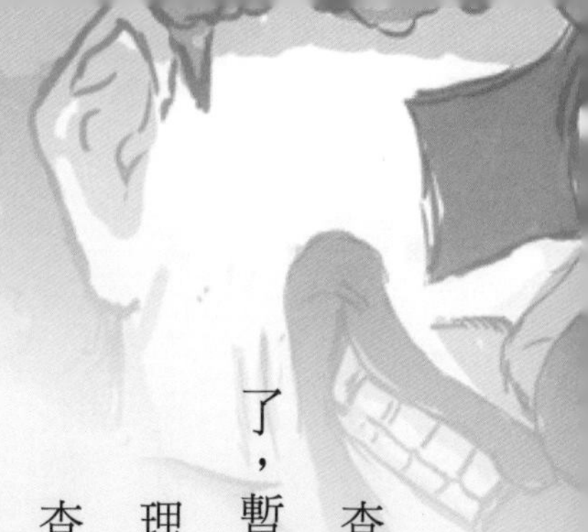

查爺爺拍拍摩斯的肩膀。「這就是你自己要動動腦的地方了！好了，暫時先這樣，我有事要離開一下。」

理查德拉住爺爺，吞吞吐吐地說：「爺爺，我還有一件事……」

查爺爺看着理查德。「看你的表情，一定沒甚麼好事！」

理查德趕緊說出心中的疑問：「莫里斯告訴我，他曾經收到一個紅色信封，從那時候開始，錯綜複雜的連續招靈者死亡事件就此展開，所有死者身旁都有一個紅色信封，以及身上刺有『招靈者的死亡交替』刺青。莫里斯是唯一曾多次跟蹤招靈者成功的人，不少次都目擊艾伯特小丑人偶在現場，只是兇手真的是艾伯特小丑人偶嗎？或者他只是無辜的代罪羔羊？」

說着，理查德掀開衣領，問：「還有，我身上突然出現這樣的圖騰……我好像在介紹古世紀圖騰的書裏面有看過……」

查爺爺看見理查德肩膀上的圖騰，非常驚訝地脫口而出：「怎麼會……」

理查德好奇地問：「爺爺，這圖騰到底代表甚麼意思？為何你的反應那麼激動？」

查爺爺故作鎮定。「咳咳，沒甚麼！」

接着，他對理查德說：「你和我去一個地方。」

「可是我想先將眼睛亮晶晶光明丸拿給莫里斯。」

查爺爺點點頭。「那有甚麼問題，我也正要找他，我和你一起過去。」

小丑恐懼症

小丑恐懼症（Coulrophobia），這個詞一看就知道，是表示對小丑的極端恐懼。

事實上，並不是許多人看到小丑都會感到恐懼，而是更多的人不太喜歡小丑！

此外，一些馬戲團為了幫助人們克服對小丑的害怕，還提供了讓客人觀看如何利用化粧技巧，使表演者變身成為小丑的服務項目。

二〇〇六年時，在佛羅里達的薩拉索塔，有些人因為實在太討厭小丑，竟然損毀了「環城小丑」展覽中的多個小丑玻璃雕像，而且還將它們弄得支離破碎呢！

章之九

瘟疫怪獸傾巢而出

我該為誰賣命？該愛慕何種野獸？該讓哪個神聖的意象受到攻擊？該讓哪些人為我心碎？該維繫甚麼樣的謊言？該以何種血統延續？

——韓波《在地獄裏一季》

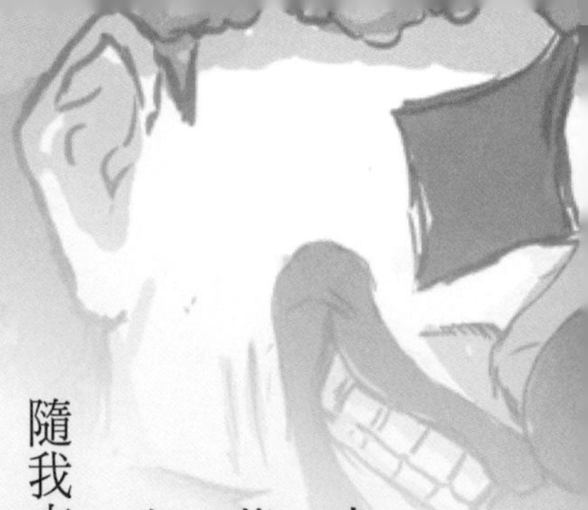

查爺爺使用幻靈瞬間移動術，兩人很快地就來到醫院。

莫里斯吃了眼睛亮晶晶光明丸後，視力隨即恢復正常。

查爺爺對莫里斯、理查德和瑪西說：「是時候辦正事了，你們都隨我來吧！」

三人一頭霧水，但還是跟着查爺爺，來到一個伸手不見五指的地方。

忽然，他們聽見不遠處有人走動的聲音，接着一個金黃色光影出現，這才稍微看見，那走動的聲音是個女人發出來的，她正面對金黃色光影站立着。

大家看不清楚她的臉龐，只見她雙臂高舉，做出懇求的姿態，高喊着：「我預料到今晚你一定會來，請你原諒我！請你再好好的想一想，再相信我一次，你永遠不會後悔的！」

黑暗中，傳來一個男聲，厲聲地說：「莉莎，我已經相信你很多次了，你每一次都讓我非常失望！而且，要你辦的事情也拖太久了！再一直心軟下去，你要怎麼幫我辦事？你不要再阻擋我，這次我一定要徹底解決這件事！」

接着，男人將莉莎推到一旁，莫里斯和理查德趕緊走過去查看究竟。

莫里斯仔細一看，將莉莎推倒的那個人是所羅闍黑王！

這時，所羅闍黑王將所站位置旁邊的門打開，莉莎跑上前去想要阻攔他，卻被他一把推開……轉瞬間，在大家還來不及反應時，全部的人都到了另一個地方。

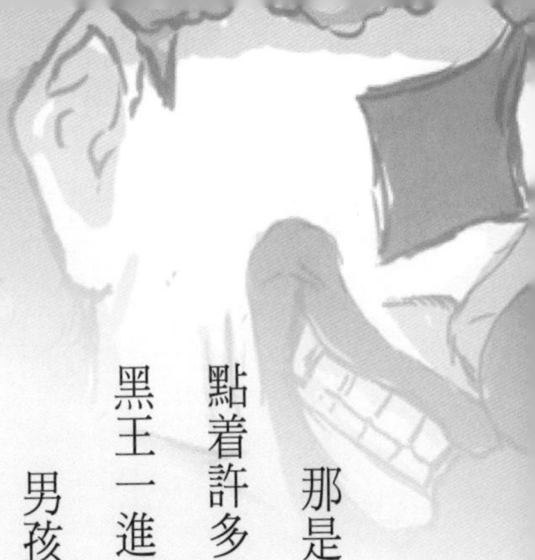

那是一間看起來整潔、舒適、温暖的卧室，壁爐台和桌子上分別點着許多支蠟燭。一個身穿灰色上衣的小男孩，趴坐在桌旁，所羅闍黑王一進門，他就將臉轉向所羅闍黑王。

男孩的臉形略長，呈現奇怪的火紅色，眼神銳利，但沒有一絲表情。

所羅闍黑王拉了一把椅子，坐在男孩對面，莉莎則是靜靜地站在他身後。

男孩語氣凝重地說：「這是一個問號，也是我給自己的一個難題，一個可以橫跨過所有日常一切，讓我不得不把全部注意力放在上面的事！還活着的人，面對死亡來臨時，究竟會是甚麼模樣？弄清楚真相總比無休止的懷疑好得多。」

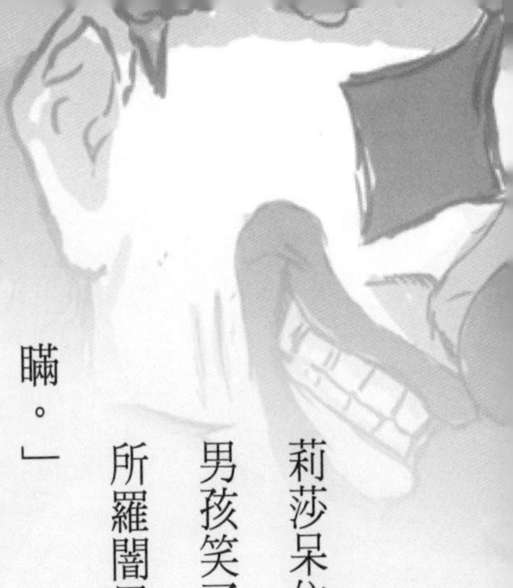

莉莎呆住了，錯愕地瞪大眼睛看着男孩。

男孩笑了笑，很明顯非常滿意她的反應。

所羅闍黑王淡淡地說：「你應該明白，只有傻瓜才敢對我有所隱瞞。」

男孩點點頭。「我懂得識時務者為俊傑的道理，非常清楚任何事情都無法隱瞞您。」

所羅闍黑王微微一笑。

「在我面前沒有祕密。」

男孩起身，將壁爐台上的蠟燭吹熄，按了一個金色按鈕，壁爐的牆壁瞬間打開。「所羅闍黑王，請進來吧，這是我唯一能為您做的。」

所羅闍黑王起身進去，莉莎跟隨在後，而理查德正要跟進去時，卻被莫里斯拉住。

理查德不解。「你為甚麼拉住我？難道你不好奇裏面到底是甚麼嗎？」

莫里斯解釋：「現在不是好奇的時候，而是我們遇上了千載難逢的好機會！只要我們能將所羅闍黑王抓住，就可以順利釋放所有人。」

查爺爺也勸理查德：「別衝動！」

瑪西擔憂地說：「我們幾個人加起來，都不是所羅闍黑王的對手……」

莫里斯着急地說：「但我們要救出莉莎！」

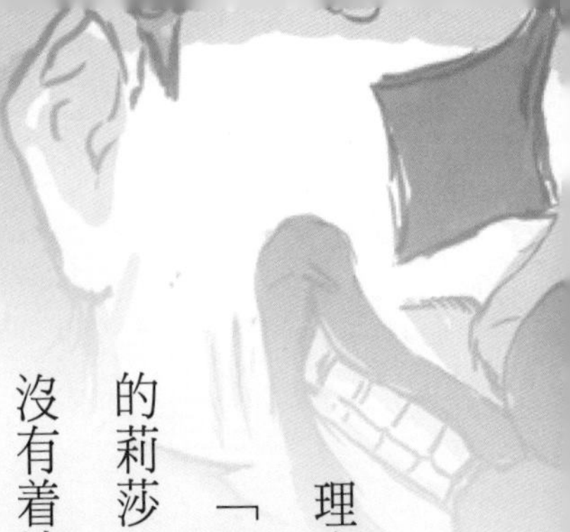

理查德拍拍額頭。

「慢着！但是莉莎之前就死了，眼前這個莉莎，不知道是不是真的莉莎，說不定是怪物或者甚麼東西！你注意到了嗎？她走路時腳並沒有着地！」

瑪西點點頭。「眼神也不是以前的莉莎了！」

莫里斯歎了一口氣。「我知道，都怪我不夠強大。」

理查德拍拍他。「並不是我們太弱，而是對方太強了！」

查爺爺敲敲理查德的頭。「我們光明天使族是可以經由訓練而變得更強大！」

理查德摸摸頭。「好啦！爺爺，我知道了。」

莫里斯又敲了敲理查德的頭。「每次叫你練習魔法，你都在鬼混，還敢這樣說！」

理查德大呼：「那才不是鬼混！是適時的放鬆，懂嗎？」

莫里斯笑了笑。「我看你每一天都處於放鬆的狀態！不說了，我先用幻靈隱身術將我們全部的人隱身，進去看看裏面是甚麼情況，再做打算吧。」

所羅闍黑王連同玻璃盒，拿起一個個小丑人偶，聽一聽他們說話之後，便把他們放回桌上，並露出開心的表情。「這些人偶的靈魂已經歸屬於闇黑世界了。」

這時，所有的燈光突然暗下來，約莫三分鐘後，才又亮了起來。

所羅闍黑王對莉莎說：「我曾經下令並坐在一旁，看着一個活人

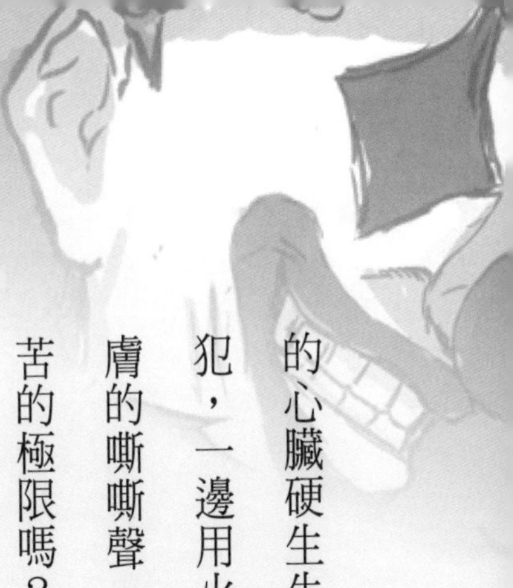

的心臟硬生生地被取出來；也曾冷血地拷問被固定在殘酷刑具上的罪犯，一邊用火烤他們的身體，一邊訊問。光是聽到那種鐵板接觸到皮膚的嘶嘶聲，就夠讓大部分人噁心、想吐了，你想看看人可以忍受痛苦的極限嗎？」

莉莎馬上跪下來。「不，請您不要這樣做！」

所羅闇黑王冷笑一聲。

「你誤會了，我並不殘酷，也不以折磨人為樂，只是認為有些東西，這世界上應該要有。」

莉莎繼續請求：「請您不要讓無可救藥的瘟疫散播出來……」

所羅闇黑王盯着她。

「那你願意為我效勞嗎？」

莉莎思考片刻，揣測着自己的答案，將會如何改變她的未來，最後，她做出了選擇。

「我將竭盡所能為您效勞。」

所羅闍黑王咧嘴一笑，牙齒閃閃發亮，他強而有力的手緊緊抓住莉莎的雙手，滿意地看着她。「那就好！」

這時，理查德終於忍不住衝出結界。「莉莎！你這個叛徒！」

所羅闍黑王隨即用破解隱身術，看見了莫里斯、查爺爺和瑪西。

「喔……查爺爺，久仰大名！」

查爺爺冷冷地說：「所羅闍黑王，如果你不散佈瘟疫，我可以放過你！」

所羅闍黑王一臉不屑地說：「查爺爺，初次見面，你非得這樣充

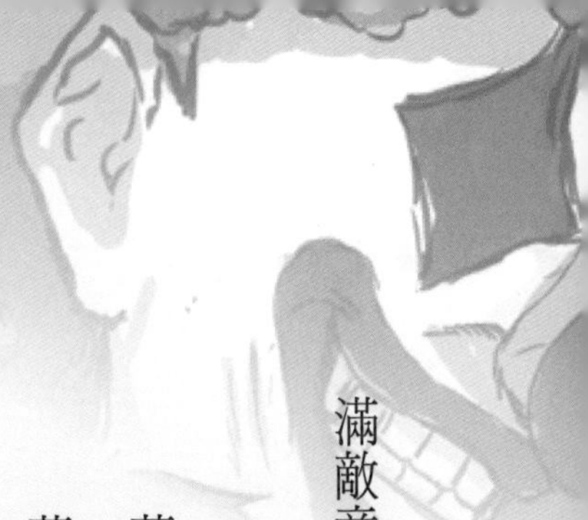

滿敵意嗎？」

「少囉嗦！」

莫里斯忍不住問莉莎：「莉莎，你為甚麼要這麼做？」

莉莎低下頭。「我……我為了家鄉，不得不這麼做……」

「你為何不請求幫忙？」

「我知道除了所羅闇黑王，誰也無法幫我……」

所羅闇黑王滿意地微笑點頭。「怎麼樣？你們幾個人要不要歸屬於闇黑勢力，我可以給予所有你們想要的！」

莫里斯不屑地說：「喔？我想要的，你給得起嗎？」

所羅闇黑王嘲諷地說：「好大的口氣！」

莉莎驚慌地說：「已經來不及了……」

莫里斯不解。「你在說甚麼？」

莉莎提醒大家：「你們沒聽到瘟疫怪獸來襲的聲音嗎？」

忽然，一陣巨大的吼聲傳至山谷，引起更大的回聲，接着與雷聲相互激盪，驚天動地，聲勢浩大！

接下來，瘟疫怪獸猶如惡魔，從地底羣起竄出，在朦朧的月光下，牠們像從天上落下的雲球，渾身散發出淡淡的灰白光芒，但是破壞威力卻無比強大……

章之十

一切回歸原點

所有的現象都一定有其原因。

——〈神探伽利略〉：湯川學

瘟疫怪獸不停地從地底竄出，發出可怕的吼叫聲，並且恣意破壞一切，有些人還在睡夢中便被牠們吞噬。

此時，天空落下一道強大的光芒……

大天使長奧斯本出現了！

所有的瘟疫怪獸暫時停止行動幾秒鐘，隨即又開始任意破壞。

大天使長奧斯本緩緩開口。

「天國實現在人間，即光明天使族懺悔文裏信受真傳之本義。光明天使族奉行着誠實、沒有疑問的接受、敬重崇奉，對光明天使大帝有果真確實的真信心。

每一個跪在光明天使大帝之下者，並不是信誓旦旦呼叫大帝的名叫作信，更不是身為有神論者，就叫信神者。

與大帝同見、同行、同心才是真正的信仰大帝。」

莫里斯一行人在瘟疫怪獸肆虐時，已衝出屋外奮戰，他不解地問：「為何大天使長在這個時候才出現？」

查爺爺提醒他：「不能沒有禮貌！」

大天使長奧斯本看着莫里斯。「那些原本信誓旦旦說真信仰之人、原本受邀約之人、原本已經認可為天國之子之人，卻被摒除在門外並喪失進天國的資格。而原本被認為絕對會被摒除的人，反成了盛宴上之賓客，形勢完全倒轉了過來，只因在天國只有一個等級，那就是信的等級。」

莫里斯似乎有點懂了。「所以能進天國的資格，取決於信的程度？」

大天使長奧斯本繼續說明。

「故宣信者必定要全然相信，以天地萬物為一體，如果遇到挫敗便不信，有了利益才相信，如若該喜歡的便喜歡，該討厭的仍舊討厭，那便不是天心之心。」

莫里斯試探性地問：「我們在最需要幫助的時候您不在，如今事情愈來愈嚴重了您才出現，這算是考驗我們的信心嗎？」

大天使長奧斯本解釋：「不是你認為甚麼、接納甚麼、覺得甚麼是可信的，就是信心，而是你信靠大帝和救世的責任！真正體悟者，真正的光明天使族人，不是來要求的，而是要因為信而行義。」

莫里斯輕聲地說：「可是，並不是所有想成為光明天使族的人，就可以成為光明天使族，沒有天使族的基因，是沒有資格被選出來的。」

大天使長奧斯本溫柔地看着莫里斯。「人若不信奉大帝，便是信仰自己了，信仰自己的人，到最後會不知道該何去何從，會順從自己的欲望而走向黑暗、罪惡！如果心中常有大帝的存在，那麼便不敢隨意犯錯。」

莫里斯好奇地問：「如果艾伯特真心懺悔了，還有救嗎？」

大天使長奧斯本語重心長地說：「真信才能長養一切諸善根和光明。大部分的人會說：『我很有信心。』那是一般世上的信心，和本來的真心不同。

由真心生發的是『誠信』。誠信能生天、生地、生萬物，甚至可以隨時讓大帝住在自己的心中。此外，這個誠心非常重要，因為『信

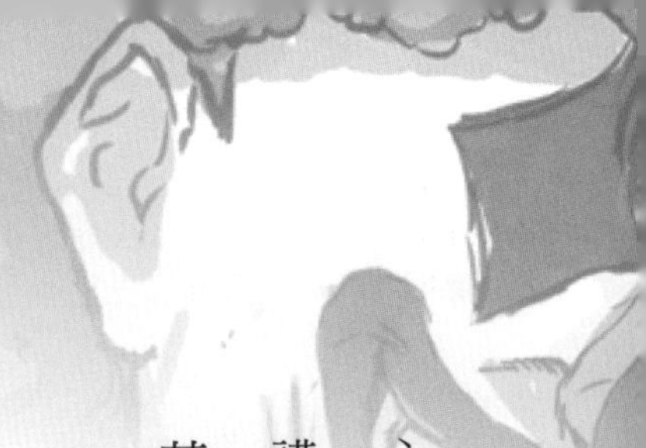

心』來自於真誠。我們要行大帝的義，不是行我們自己喜愛的，不是講我們自己愛講的，這對人類一點幫助也沒有，對社會或人生更沒有甚麼幫助。」

莫里斯想了想，說：「但大部分的人都是眼見為憑，對於無法親眼看見的，多半抱持懷疑的態度。」

大天使長奧斯本點點頭。

「要成為真正的光明使者，或許有人期待已久、有人倍感光榮、有人平凡看待、有人多次掙扎、有人忐忑不安、有人心生退縮……這些都是必然會有的自然反應，無論你身處於何種情況，既來之，則安之。

要培養十足的信心，前提當然要有一個可靠的依據，或堅定、穩固的對象，才值得你去信任。

大帝是可信的，是真實存在、永恆不變的，是無條件愛你、保護你的，大帝的每一句話都不落空。但是，大帝也是無形相的。

如果對大帝的信任，一定要經歷了神蹟，知道祂是萬能、無所不在的，擁有能使死人復活、使無變有的大威力，那麼，當你的期望不如預期時，信心又從何建立？

真的全然相信，是真正認識到大帝是唯一的大帝，無論環境好或壞，都將祂的話當成是必成就的。」

理查德這時候突然插話。

「但是有一件事，我們可以肯定知道，天國是一個非常美好的地方，不再有死亡、悲傷、難過、苦痛……」

大天使長奧斯本對眾人說：「其實，所羅闍黑王曾經也跟隨着大帝，只可惜後來背棄了……」

莫里斯和理查德不可置信地看着大天使長奧斯本，異口同聲地說：「怎麼可能！」

所羅闍黑王這時出聲了。

「你這個時候來做甚麼？別破壞我的好事！而且那都是多久以前的事了，提它做甚麼？」

大天使長奧斯本看着所羅闍黑王。

「回歸人類最初的選擇吧！」

所羅闍黑王笑了笑。「當然好，不過我認為，就算給愚蠢的人類再多次的機會，他們最終還是會選擇投靠我的！不會有人傻到全然的犧牲自己。哈哈哈……」

突然，艾伯特小丑人偶出現，從口中吐出鮮血！

自知時間不多的他，臨終之前有感而發的對大天使長奧斯本說：「我希望下輩子不要和所羅闍黑王有任何關係了！如果可以，我願當個最閃耀的光明天使族成員，正大光明的守護着世界，或是做個隱藏在角落、悄悄付出的巨人族，再不然，默默地犧牲小我，成就大大的世界也行……我的慘敗人生就要結束了……對不起……大天使長奧斯本……」

艾伯特小丑人偶一直想要在大天使長面前嶄露頭角，也想讓天國實現在人間，但最終因為一己之私欲，墮入黑暗的深淵……

莫里斯告訴艾伯特：「有一天，我在香港熱鬧的街頭，看見一

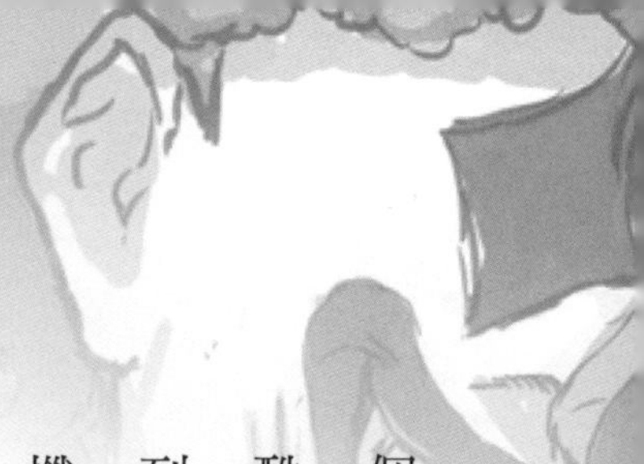

個小丑正在吹泡泡，當時的我覺得，那樣的畫面固然很棒卻也非常殘酷。因為泡泡雖然漂亮，但是一碰就破了，存在不了多久。這讓我想到，人生猶如泡沫，美麗而脆弱……你的人生沒有慘敗，至少最後你懺悔和請求原諒了，不是嗎？」

艾伯特的淚水不停滑落。「人生真的就像泡沫，但我的人生一點也不美麗啊……」說完，他便斷了氣，靈魂也從小丑人偶中脫離，得到真正的自由。

所羅闍黑王對大天使長奧斯本下戰帖。「好吧！讓愚蠢的人類來選擇吧！」

大天使長奧斯本問大家：「你們當中，有誰想要來承擔這項神聖的任務？」

查爺爺指名：「就讓莫里斯來吧！」

莫里斯堅定地點點頭。

「好。」

大天使長奧斯本提醒他：「切記，你的選擇將帶來重建或是毀滅！」

所羅闍黑王冷笑一聲，手一揮，莫里斯眼前隨即一片黑暗，僅有一道小小的光芒。他順着光芒的帶領，來到了黑暗的盡頭，那裏有着多扇門，但只有一扇是正確的，而他也只有一次選擇的機會……選錯即會毀滅，選擇正確則是一片光明。

莫里斯小心翼翼地推開其中一扇門。

裏面不是天堂樂園，而是在一座斷魂崖前，有些人正跪在地上祈禱，有些人正在接受審判。

莫里斯非常擔心，自己是不是做錯了選擇？

但他現在已無路可退，只能說服大家去信仰大帝的慈愛。

莫里斯大喊：「那些正在接受審判的，你們有真心的懺悔嗎？那些正在祈禱的，你們有全然的相信嗎？」

大家用奇異的眼光看着莫里斯。

莫里斯用盡所有力氣再次詢問，但所有人似乎無動於衷。

就在他束手無策時，忽然想起之前查爺爺說過：「必要時，只有全然犧牲自己、放下自己，才能換取人類的幸福。」於是，莫里斯決定跳下斷魂崖。

莫里斯跳崖前大喊：「大天使長奧斯本，對不起！我沒有足夠

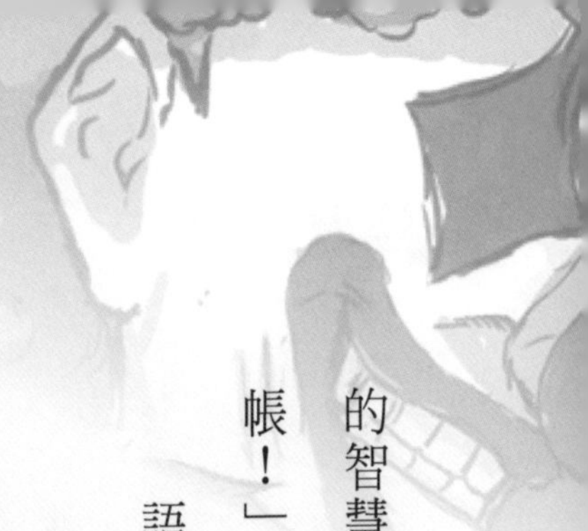

的智慧，選擇到正確的門！所羅闇黑王你等着，我一定找你算這筆帳！」

語畢，他閉上眼睛，一躍而下……

理查德誇張的語調和動作，使得圍繞在他身邊的同學，都全神貫注地聽他說故事。

「那艾伯特小丑人偶全身紅，像塗滿了鮮血，十分嚇人！莫里斯也看過，對不對？」理查德邊說，邊推了一下莫里斯的肩膀。

莫里斯正專心地看着書，抬頭看了理查德一眼，立刻低下頭繼續閱讀。

「好帥喔！莫里斯那淺棕色的眼睛、深邃的五官，根本是從雜誌裏走出來的模特兒啊！」

「真的！又帥又聰明！」

班上，甚至全校女生幾乎都是莫里斯的粉絲，只要一看見他就「眼冒愛心」。

這時，莫里斯突然感覺到時光重疊、交錯，接着脫口而出：「你們……都在？」

理查德關心地問：「莫里斯，你怎麼了？」

莫里斯激動地抱着理查德。「瘟疫怪獸沒有吞噬所有人類？真是太棒了！」

理查德擔心地說：「莫里斯……你真的怪怪的喔！」

莫里斯敲敲理查德的頭。

「你才怪怪的！」

坐回座位的莫里斯，在抽屜裏看見一封查爺爺寫給他的信，信上寫着：

莫里斯，恭喜你在最後關頭選擇了犧牲自己，換來全人類暫時的和平。

往後的日子還很長，我們的使命仍然是很沉重的。

查爺爺　留

這時，一位同學突然衝進來，指着走廊外。許多人見狀，紛紛跑出去看到底怎麼了。

原來，操場中央的草皮上出現一個紅頭髮、紅鼻子、血盆大口裝扮的神祕小丑。

但他不表演雜耍、不送氣球，也不說話，只凝視着準備上體育課的人，向他們揮手，嚇壞不少學生和老師。

莫里斯忍不住輕聲驚呼。

「不會吧？艾伯特小丑人偶又復活了……」

奇幻知識補給站

甚麼是結界？

結界，一般來說，是指利用特殊能量在某一個空間或範圍內形成一道防護，作為保護和與外界阻隔的防線。只要人在結界範圍內，外面的人是無法碰觸到的。不過，也有具攻擊性的結界，將要進攻的對象包覆在結界內，進行攻擊、制約。

本書中提到的結界，就是運用某種超自然力量形成的特殊空間。

而以哲學角度來說，每個人都有屬於自己的結界，例如：包圍個人周遭的氛圍、感覺、情緒以及精神等。

奇幻偵探01

莫里斯密令之消失的艾伯特小丑

作　者：倪雪
繪　者：Liea
負責人：楊玉清
總編輯：徐月娟
編　輯：陳惠萍・許齡允
美術設計：游惠月

出　版：文房(香港)出版公司
2017年06月初版一刷
定　價：HK$58
ISBN：978-988-8362-88-2

總代理：蘋果樹圖書公司
地　址：香港九龍油塘草園街4號
華順工業大廈5樓D室
電　話：(852) 3105 0250
傳　真：(852) 3105 0253
電　郵：appletree@wtt-mail.com

發　行：香港聯合書刊物流有限公司
地　址：香港新界大埔汀麗路36號
中華商務印刷大廈3樓
電　話：(852) 2150 2100
傳　真：(852) 2407 3062
電　郵：info@suplogistics.com.hk